JN307782

furui yoshikichi
古井由吉

講談社文芸文庫

目次

山躁賦

無言のうちは

あれは何と呼んだか、頭巾か帽子か、茶人のかぶる隠居のかぶる、宗匠のかぶる、いやたしかに僧侶らしい、品よく瘠せた老人が食堂車の隅の席で、二重回しというのか和服の外套の、寛《ゆる》やかな袖の内から両手を端正に動かして、ナイフとフォークをつかっていた。裕《ゆた》かな、由緒もあるお寺さんだろうか、肉食に猛々しさが伴わない。人に見られる羞《はじ》のこわばりも見えない。湿っぽい寒い板の間で、貧しい精進を頂いているのと変りがない。食べるというより、済ますというところか。物事を実相に眺めそうな目は、政治力もあるだろうか。やや皮肉癇性な、人嫌いのところもあると見えた。

あんたたちは、一体、何者だ、了見がわからん、近頃の若い者は、と私の隣の席では、酒に酔った田舎町の経営者が一人で憤慨していた。私と、たまたま同じテーブルに坐り合わせた中年の出張社員らしいのが槍玉にあげられて苦笑していた。男子たる者、商売ならば、資本金は幾ら幾ら、あきなう物は何々、現在までの実績はこれこれ、将来の見通しは何と、はっきり述べられなくては、話にならんではないか。勤めなら会社の資本金は幾ら、地位はこれこれ、まかせられた業務はこれこれ、実績と目標はこれこれ……それが、何だ、黙って笑ってばかりいやがる。そう私たちを責めては、目の前に幾皿も取り寄せてそれぞれ半分ほど汚く喰い散らした料理をうらめしそうに眺めやり、どの肉もこの肉もこう固くては年寄りの歯に立ちやしない、とこぼした。これから大阪まで仕入れに行くのだが、地元の銀行の大阪支店の連中がかならず駅まで車で迎えに出る。しかし長年商売をやってきたが、今ほどきびしい時もない、先の見通しがまるで立たない、あんたち笑っているが、と燗の冷めかけた酒の上へ頭をゆらゆらと振り、固い肉で傷めた歯茎を濯《ゆす》ぐみたいに、盃を嘗めた。

私はシチューをだいぶ残して口をぬぐい、淡々と動く僧侶の肘をまた眺めた。健やかな食欲に羨望を覚えた。すると、肉気の物にまだ苦しむ病みあがりの胸の内から、乾いた、芳しいような魚の臭いの、記憶が昇ってきた。三日前の夜半過ぎのこと、まる一日続いた高熱から、ようやく爽やかな汗を掻いて目を覚まし、家人の寝静まった台所へ出て番茶を沸かして啜るうちに、ひだるさにおそわれ、冷蔵庫をのぞきこんでウルメを見つけて、五尾だけ炙った。塩のほどほどの、良く乾いたのを、やがて一心不乱に引きかじっていた。それから、口をゆるくあけて、生臭い息をつきながら、何やら記憶の失せかけた心地で、考えこむふうにしていた。

かたわらの壁に、まだ干魚にひしひしとかぶりつく大きな頭の影が、映っているように感じていた。

新幹線は関ケ原を抜けて、雪あがりの中仙道の隘路を気楽にくだっていた。眺めて通るばかりで何度と訪れていない自身の父祖の地の、山あいでもあり平地でもあり、外へひらけず内へこもらず、ところどころ小島のごとき岡に林をこんもりと盛った、垂井の宿とか不破のあたりは、飯を喰ううちに過ぎた。

あの夜は人並みに働き者の柄にもなく、今の今まで長いこと勝手に興じてきた遊びの、続きをふと見失って、思いつきの唄でも大声に唄って我を取り戻したいような、淋しさにしばしおそわれたものだ。あれから三日、病みあがりの寝ざめ寝ざめに過して、今日は叡《お》山《やま》に参るのでと出がけに冗談に紛らわして二枚重ねにはいてきた駱駝の股引の下に、背は車内の暖房に汗ばんでいるのに、かすかな寒気がまだ走った。

僧侶は皿を片づけさせて珈琲を飲んでいた。飯で汚れた口に、白湯でも啜る、しらじらとした顔をしている。昼飯に茶が済むと雪隠《せっちん》か、と私は日頃の自身の習慣をぼんやりなぞるうちに、誰から聞いたか、何で読んだか、自分で作りあげたか、妙な話を知っていることに気がついた。谷の庵で長年おこない澄ました僧が、ある日何かしら思い立って町へ降り、あてどもなく歩くうちに、昼飯《ひる》時に、とある民家の窓の前に立ち、家の女子供が干魚で冷飯をそそくさと掻きこむのを、杖にすがって眺めていた。

窓に莚を降ろされるまで眺め、それから早足で市へ回り、干魚を一尾だけもとめ、腰にはさんで山へ帰った。そして魚を炙って飯を一椀ゆっくりと喰らい、しばらく山の霧へむかって口をゆるくあけて目をつぶり、ひと言もいわず、何ひとつ顔にあらわさなかったが、それきり生臭を口にせず、生涯谷を出なかったとか。

あな尊《たふと》、と胸の内で拝んだ。そんな気が私にはする。人が干魚で飯を喰らうのを目にして、あな尊、自分も一尾喰らって、あな尊、そしてまたおこない澄ましつづける。

車内放送に驚いて、勘定を済ませて食堂車から出ると、すでに京都の郊外へ入っていて、けさ越えくればの音羽山の続きだか、切り崩された山の中腹一面に、妙な青さの瓦を載せた建売住宅が壁に壁をじかに寄せ、やや斜め横隊に、半歩ずつ退いていくかたちで、ぎっしり並んでいた。湖も山も、食堂車の壁に遮られて過してきたことになる。

例の僧侶が四角い書類ケースを提げ、二重回しの懐に皮の財布をしまいながら、ゆったりと私のそばを通り抜けた。楊枝でも口の隅にくわえていないか、と私は後姿を見送り、自分も食堂車から降りるつもりで荷物を運んできているのに座席のほうへ何かを、いや誰かを置き残してきたような、うしろめたさに苦しめられた。

客よりも従業員の数の多そうな、閑散とした二月の山上のホテルのグリルの窓から、手帖を繰ると旧正月三日とある夜を見渡すと、遠く湖岸の線に沿って街の燈が塵芥《ちりあくた》の河と流れて、南の岸までたどられ、麓の見当とここの高さはつかめたが、あとは星さえ見えぬ一面闇の、南のほうへおそらく尾根をかなり長くくだった山中に、およそ百から二百の、燈が集まっていた。

高山なら天狗のお庭とか踊り場とか呼ばれる、台状の地形らしいところに、整然と五列ほどに並んで、揺らぎもしなければ顫えもせず、人工のものには違いないが、しかしどこか人離れした、闇からじかに生まれた表情で光り、さらに西のほう、湖岸とは反対側へ、枝尾根らしいのを伝って、ようやく列を乱してずり落ち、くだるにつれ数を増すかと思えば逆にまばらになり、やがて点々と散って谷陰に溺れた。そのむこうのまた一面闇のはるか遠く、霧のこめた宙へ目を凝らすと、地の底から鈍く昇る赤い発光のように、平らかな、燈のひろがりが浮んだ。

「あれは京都の街ですね、あちらが志賀で」

珈琲をつぎに来た男に私は声をかけた。それから、闇の中へ指を差して、

「この正面遠くの、まだ山の中ですね、あそこにかたまっている燈は」思う前にたずねたものだ。「あれは霊園ですか」

「霊園、いえ、あれは団地、分譲住宅地ですが」男は答えた。

「ああ、なるほど」私は左右の下界のあかりをかわるがわる見渡した。「いまどき通勤に、無理のない距離かもしれないな」

一人になってもしきりにうなずいていた。なるほど、我身にしてからが、京都から国電で石山まで引き返して京阪電鉄の、路地のあたりへはめこまれた小さなホームに立った頃から、神社仏閣旧跡をめぐる気分から微妙にずれていた。大津、膳所《ぜぜ》、瀬田などの名が、山手線やら地下鉄やらの構内に貼られた観光のポスターのごとく、いつだか何もかも片がついて閑ができたら一人気ままに歩きまわってみたいものだと言わんばかりの、軽い痛みをつかのま掻き立てて、目の前を素通りしていく。

冬にくたびれたコートの裾をだらりと流して、鞄をぶらさげ、大津の町なかは論外、手が届きそうにもないが、ここまで来れば駅に近くてもしや、とばかりに改札口を抜け、角の不動産屋の貼紙の前に立ってみそうな、心地になりかけた。

じつに今の世の男は、人生の節目節目にこうして、たいていはかったるい風の吹く春先の午後に、日頃気安く思う沿線の駅に降り立ち、まず不動産屋の貼紙をのぞいて、商店街を抜けてどこまでも家の建てこむ道を行くにつれ、見知らぬ土地、這入りこめぬ土地、無縁の土地、同じ都会にあり、同じ電車に揉《も》まれながら、よそ者、はぐれ者になっていく。値踏みしながら沿線を四つ五つ駅ずつ遠ざかり、県境もとうに越して、あれこそ旅、旅よりも物憂い。

石山寺から幻住庵に向かって舗装道路を歩いていた。寺では観光客に何がしかの金を申し受けて鐘を撞かせていた。この鐘がまた誰の手になっても妙音を響かせ、これを明けといわず入相といわずのべつ聞かされる麓のありがた迷惑さはどんなものか、と心配させられたが、谷ひとつ隔てると聞えない、聞き耳を立てる気にもなれない。道は湖岸を離れて登り、新興住宅が並び、荒れた畑のあちこちから、さらに普請中の建売りがあらわれ――人家よきほどに隔り、南薫峯よりおろし、北風海を浸して涼し、日枝の山、比良の高根より、辛崎は霞こめて……笠とりにかよふ木樵の聲、麓の小田に早苗とる哥、螢飛びかふ夕闇の空に、水鶏《くひな》の扣音《たたく》――バスの終着の、新開地の三叉路に出て、鳥居をくぐって砂利道となり、またひとかたまり建売りがひしめいて、赤や黄の帽子の学校帰りの都会っ子たちが走り、このあたりがわれら新参の者には相応の栖《すみか》かと思う頃、ふと裏山に取りついて、三曲二百歩、これはそのとおりで、ひと汗掻いた頃に、庵の跡に出た。

まずたのむ椎、と同じものかどうか、とりあえず椎の木立もあり、周囲は常緑樹が繁ってわずかの見晴らしもないが、山陰を渡って尾根へ向かう鳥の群れの、梢から梢へかさこそと揺する音が、遠くまで耳でたどれた。静かさは、くたびれた中年男には、いささか険呑であるらしい。腰を落したら最後、どちらから来てどちらへ行くのか、方向を見失うおそれが、ないでもない。

ひたぶるに閑寂を好み、山野に跡をかくさんとにはあらず、やや病身人に倦みて、世をいとひし人に似たり――そのかぎりでは、同じことなのだが。

義仲寺にいた、三井寺にいた、晩鐘は聞かなかった。湖は晴れて比叡降り残す、とか句があったが、都市郊外の雰囲気に紛れて、だいぶ高くまで宅地が這いあがっているということのほかは、山は目に入らない。相変らず家探しの足取りで市中をだらだらと歩きまわり、目的地の知れぬ心地がした。また電車に乗り、ぼつぼつ勤め帰りの人に混って、一日の残りの用ありげな顔で、皇子山とか錦織とか滋賀里とか、小さな駅が通勤通学客を受け取って過ぎて行くのを眺めていた。左手につづく山の尾根は陰が濃くなり、右手の辛崎の方角は高架線にまたがれて埋立地に見えた。坂本に降り、石垣に沿って道をのぼり、暮れ方の人の姿の見えぬ日吉の境内に入りこんで、社殿の背後から鬱蒼と樹林を盛って突っ立つ前山を、これなるかなと仰いでいた。ケーブルの駅に着くと改札口はすでに閉じて駅員の姿もなかった。見棄てられた索道の伸びていく山は黒い塊りになりかけていた。あてどもなく歩いて登ることをちらりと考えた。

あとは暗闇の中、太く白々と続く道路を、車で運びあげられてきた。道は曲りくねり、麓のあかりが回転して流れ、山陰に消えては思いがけぬ前方から、星雲のごとく降りかかる。かるい車酔いか発熱の兆候か、はるばると来て黒い杉林の間からひょっこりと、明るい箱があらわれて制服の男が身を乗り出してきた時には、自分こそタクシーなどに乗っているくせに、変化の物でも目にした気持で首をかしげた。

今のこの居場所が摑めない。この近代風のホテルの、この安楽なグリルだが、ここは尾根の上なのか、まだ谷の腹なのか、麓からの距離はおよそ摑めるが、山頂の周辺の、寺の集まるあたりから、よほど隔っているのか。叡山の内なのか。

「なるほど、霊園ねえ」

正面遠くの、燈の集まりを見やり、いつのまにか逆のことをつぶやいて、またしきりに一人でうなずいていた。

尾根の台の上に行儀良く並んで待つ火が、右のほうから順々に谷を伝い、平地へ降りていくように、最初は見えていたのが、眺めふけるうちに、それとは逆に、谷底から喘ぎ、群れを乱して、光も弱く、よろぼい登ってきたのが、ようよう尾根に取りつき這いあがると、苦悶の名残りも消えて、明るさも澄みまさり、やがて整然とした列に納まって静まる、そんなふうに映ってきた。

われわれの栖は、山の上から見れば、どれも霊園みたいなものだ。ああだこうだ騒ぎながら、夜ごとに往生している、先祖になっているのかもしれない。

息をついて私は腰を浮した。立ちあがると隅のほうの席に、今まで赤い笠の照明に紛れていたが、一組の若い男女が目を寄せあって話しこんでいた。職場の噂話らしいのを熱心にしながら、声の揺らぎに、夜の愛撫がすでに始まっていた。二人とも容貌にも表情にも見どころのない、無造作な組合わせだった。町なかにいるのと同じ騒々しさがまつわりついていた。

宿の者たちが客のひけるのを待っていた。

床に入ってあかりを消し、高熱の名残りか、かすかな寒気とともに睡気が差してきたとき、心臓が妙な鼓動をひとつ打って、都の人よあはれとも見よ、とまさか我身のことではない、句の切れ端が、とぼけた表情で浮んできた。山棲を歎いた歌のはずだが、上の句は月だか時雨だか嵐だか、花だか、思出せない。かわりに、そもそもこの山の、地形はどうなっているのだ、と昔は山によく登った、山では地形を頭に置かずに眠ったことのない男の、訝りがふくらんだ。

三千大衆というが、ここよりさらに峯のほうが盛《さか》っていたとすると、どんな山襞の陰にひしめいていたのか。谷々に聖《ひじり》が棲むというが、谷は深いのか浅いのか、けわしいか平らかか、峯に近いか麓に近いか、お互いに遠く孤立しているのか、すぐに出て来れるのか、修行の声が人の耳に届くぐらいの距離か。

館内は静かだった。窓の外の、山こそ静かだろうが、それとはつながらない。時雨が走ろうが松風が吹き降ろそうが、枯葉が窪を流れようが、遮断されている。街のざわめきがここまで運ばれてきて、壁の内で尽きただけのことだ。どこかから、従業員たちの睡たげな間伸びした声が砏してくる。笑い声が犬の遠吠えの、遥けさを運んで跡切れた。

長い廊下に沿って、人のいない部屋の列を浮べ、その空虚をひとつひとつ数えるようにして、睡気につつまれた。客のいない旅宿には山野の霊が集まり一夜の安楽を盗む、そういう言伝えはなかったか。部屋ごとに柔らかな床へ手足を伸ばし、背のこわばりがほぐれると、一斉に安堵の息をつき、念仏を称える。すると建物全体が闇に震え、声にならぬどよめきが山の端まで昇り、空へひろがるというような……。

どこかの部屋で、先の男女が裸体を合わせている。ひとしきりやみくもに愛しあっては、お互いに興奮からこぼれ落ちて、まわりのひと気なさに、馴れぬ耳を澄ましている。そのつど熱の吸い取られていくのをそれぞれに不思議がって、ますます熱したみたいに肌を押しつける。結局はそそくさと済ませて、また喋っている。睡気に負けるまですこしの静かさも入らせまいと喋りまくり、山の上で二人きりでいることを言葉でせわしなく確めあいながら、出来れば今すぐにでも車で走り降りたいと、いつもの街の中でのまじわりに、こがれている。

そのまま何時間か眠って、目を覚ますと、体感が変っていた。発熱の気配はないが、尾根を越す雲の、聞えるはずもない風の声がして、全身が幻覚の、途方もないひろがりにうなされていた。麓の里が見えた。峯から押出す暗雲が低く覆い、白い烟の糸を地へ曳くと、小波の騒ぐ湖上から岸へ、時雨が走った。やがて天地をつつんで降りしきり、はげしさがきわまるとほの白い光を雨脚の間に透かせ、蒼いようになり、いきなりあがった。道を行く者たちがしばらくしてそれぞれに足を止め、傘をうしろへ傾けて、不吉なものでも待つ、うつけた顔を山へ向けた。

峯の風が板床を這って流れた。羽毛の薄い寝袋にくるまって山小屋の中に転がっていた。長尾根を渡ってきて疲れに硬直した五体の、すぐ鼻先から闇が谷を満たし、木の葉の巻く音の聞える近さから生き物の、臭うような四肢の運びが伝わってきた。吹きおろす風に向かってひと声鳴き、ざわめきに紛れかけてまたひと声、やがてはっきりと辿れるようになり、尾根を登って遠ざかりながら、声が高く冴えていく。それにつれ峯の高みから、谷を埋める梢のひとすじひとすじまでが冴えて、あたりは静まりかえった。

お前らのまだまだ生まれぬ頃のことだ、と子供らに呼びかけて、今を摑みなおした。しかし寝返りも打てず、手足のありかも取りもどせず、熱はないままに、熱が四十度を越しかけた時の、境にまた横たわっていた。胸苦しさが薄れて、意識が細く澄み、前方に何やら、白らむものがある。

山の端がひときわ黒く聳え立った。その背後から蒼い光がゆるやかな波を打ち、尾根を羽搏くように見せながら、空へ満ちあげてくる。谷は暗くなり、縁者の顔々が、見馴れぬ硬い面相を浮べて、山を見あげていた。口々に小声でつぶやいた。

病いひとつせん男が、厄年を越してたまたま肺炎を起しかけおって、さいわい熱は引いて、爽やかな顔つきで起き直ったはよいが、気が狂っとった……。

まあるい、まあるい、まんまるい、と幼女が唄っていた。風もないのに、あたりの木の葉がちらちらと顫えた。そのうちに、間伸びした唄声にあわせて、枝を離れ、流れはじめた。一葉ずつ、目で数えたくなるほどくっきりと照り、谷を吹かれていく。はるか底のほうから、いま蘇ったふうに水のむせぶ声が、さわさわと昇ってきた。

なに出鱈目《でたらめ》を唄ってやがる、何がまるいまるいだ、仏さんがびっくりして飛び起きるぞ、と私は舌打ちした。もう明け方だろう、いま山の上へ這い出したところだろうが、有明だろうが、とたしなめかけて、恐れを覚えた。口をつぐむと、葉の群れは谷を覆い、はてしもなく、いよいよ緩慢に、赤く染まって降りつづけた。

腕をしっかりすくめ、トルソーになり、夢の影を押えこんだ。やがて山の端は失せ、明るさも木の葉も消え、虚空を斜めに、とめどもなく降りしきる感じだけが残った。枕をややずらしてまた眠りこむと、だいぶ経って、身をこわばらせたままお道化た燥《はしや》ぎがひろがり、醜怪な、皺々の山塊が浮んだ。そのむやみと多い山襞の、入り組んだ谷の窪という窪に、豆粒ほどの僧がどれも麓へ向いて坐り、赤いなまなましい口をあけて、重苦しげな呪文を称えていた。麓の里の、家の戸がかわるがわるひらき、睡たげな顔が軒を見あげ、今夜はいやに雲がさわぐようだ、とどんよりつぶやいて戸をまた締めた。内から門を落す音がした。そのたびに谷々の豆粒たちは一斉に声をおどろに振りしぼり、頓狂な恰好で身悶えた。吹きおろす風の中、山裾の道を、背をまるめて悪所へ急ぐ姿も見えた。

またしばらくして眠りの中の躁《さわ》ぎはおさまり、峯から流れる影の赤味もひいて、ただ平らかに、ひたすらに降りつづけ、その静かさを受けとめる山陰から谷あいから、ほのぼのと、沈黙のきわまった恍惚の、白光が空へ昇った。輝きはないままに、見る見る妖しく、地を照り渡った。私は目を剝いて撥ね起きた。夜は明けていて、部屋をひたす空気のにおいに、覚えがあった。家具の木目が浮いていた。薄い光を滴らす窓のカーテンを押分けると、目の先から影という影を掻きくらして、粉雪が流れた。

一瞬、私はうろうろと自分の身体を、左右の腕から、足の先まで見まわした。どこから来た、何者であるのか、何事に責任があるのか、急いで思出そうとすれば片端から跡かたもなく消える気がした。

危惧をそのまま寝床までそろそろと運んで、床の端に腰をかけ、よほど苦しみ悶えたみたいに乱れよじれた毛布とシーツを、真っ白けの頭に眉をきつく寄せて眺めやった。汗に湿る浴衣を脱いで、椅子の上にまとめた衣服を順々に、慎重に、その手続きの正しさに記憶のつながりがかかっているかのように、これも妙に生白く精気の澱んだ肌に着けていった。

朝の六時だったが、館内に人の声がはっきり立つまで、自身を相手に物を言っては、独り言をわずかにでも声に洩してはならないと戒めた。

流れる雪煙りの切れ目からときおり、遠近は定かでないが、黒い杉の穂がのぞいた。

里見え初めて

雪が降る、人も通わぬ、思いも消える。思いとはしかし、何だ——。

雪はやんでいた。ほのかな空へ、痩尾根に立つ松が奇怪な枝を張った。半白の杉の穂をあらわして靄は降りていく。山腹を巻く道路には朝方の轍もあり、さらに麓から、影は見えないが車の這い登ってくる唸りが静かさの底にこもった。尾根つづきに、岬の尖端のような、小広い台地がときおり靄から浮んで、縦横整然と並ぶ建売風の家が、かなりの距離のはずなのに雪あかりのせいかくっきりと近く、人影の見えないのが訝しいぐらいに感じられた。出勤の時刻である。思いとはいったい誰の、何についての思いだ、とつぶやきがまた、つぶやきとまでならず、恥隠しの屁理屈の顔つきで、うしろめたく跳ねて消えた。

ひきつづき黙りこんでホテルのラウンジの朝飯を喰っていた。半熟の卵黄が口の中に粘り、雪へ目をあずけていると、髪が刻々白く細く伸びていくような、荒涼とした恍惚の感があった。発熱はかすかな寒気の被膜の下へ押えこまれていた。間を置いて繰返し、ひとりひたすら喋りまくる、饒舌の燥ぎが満ちあげてきた。

——親恨みの雪といいまして。こんな朝には道を行く女の顔が、たいてい美人に見えるものなんで。雪あかりというものは、あらわなものにも幽《かそ》け き感じをあたえるので。それにほら、皆、足もとがおぼつかないものでうつむいて歩くでしょうが。顔が張りつめる、個々の相貌が消えて、永遠の面相があらわれる。能面みたいなもので。ああ、親恨みというのは、あなた、それでも美人に見えなければ、親を恨めという……。

給仕たちはそれぞれの持場から、よく訓練された姿勢で揃って正面のガラス窓へ、麓のほうを見つめていた。耳を澄ましている様子だった。車の唸りは山あいに繰返しふくらみ、繰返し定かになり、いっこうに近づいて来ない。朝一番の車は通っているのに、従業員たちの交代が遅れてでもいるのか、仕事着に寸分の隙《すき》もなく身を固めた男たちの顔に、吹きさらしの駅で電車を待つのと同じ焦りと、起き抜けの生白さが浮いていた。雪あかりが毛穴にまで、臭うような疲れを照らしている。客はほかに誰もいない。昨夜の男女の姿も見えない。昨夜はもっと大勢の人間がここに集まって、賑やかに躁いだような、酔いざめの洞ろな空気があたりに漂うような淋しさが、名残りをもとめて喘いだ。

——三塔僉議《せんぎ》というのがね、あったそうですよ、山上の衆徒どもの。今で言うなら大衆集会とか、拡大会議とかいうやつでしょうか。大講堂の前に三千大衆が集まりまして、それぞれ三尺ばかりの杖を突いて、石をひとつずつたずさえて、その上に尻をかけて居並ぶ。夜なんでしょう。破れ袈裟で顔を包むそうです。おまけに、鼻を押えてつくり声で発言する。そうして京への強訴《ごうそ》の件について討議するわけですが、重立った悪僧どもが弁舌をふるうに従って、賛成であれば「もっとも　もっとも」、反対であれば「この条　謂《いはれ》なし」

口を拭って私は立ちあがった。長い沈黙のために足がもつれるような、あやうさがあった。物の輪郭がややどぎつく感じられた。壊れ物をそろそろと水平に運ぶ足取りでレジに寄り、なにやらしどろもどろの愛想笑いを浮べて伝票にサインをしてラウンジを出ると背後で、従業員たちがざわざわと集まって疳立った声で話すのが聞えた。

——異議ナシ、ナンセンスね、なるほど、天が下に新しきことなし、古人先刻御承知の方法でありました。顔を隠してねえ。しかし声までつくる必要があるのかどうか。わたしの見るところでは、熱狂さえ十分に高まれば、わざわざ声をつくらずともどれも似たり寄ったり、日頃の誰とも聞き分けのつかぬ声音《こわね》になってしまうものでね。さらに激昂すれば顔つきさえ一様になって包み隠す必要もなくなる。熱狂は素面地声のつもりの時でも、おのずと覆面つくり声のものでして。

部屋にもどり、ありたけの物を着込んで足もとも固めた。冬山にでも登れそうな支度になったとき、心身が静まりかえった。扉のところで振り返り、人の泊った気配すら残さぬ部屋に、ベッドの毛布がわずかによじれて苦悶の表情を見せているのを眺めやり、妙な笑いを浮べた。鞄を肩に掛けて、これからこの雪の中をどうするあてもなく、たぶん車を呼んで街へ降りるのだろうと思っていたが、すでにどこまででも気ままに歩くつもりの足取りで、廊下を歩き出した。

——覆面をするのは、あなた、戦術である以前にまず、この熱狂はいずれ醒めるという分別なんですよ。そうなんだ。強訴する、政府は屈服する、要求は通る。全面的な勝利を得たあとで、責任者が追及される。すでに波は引いているんだな。その時になって、誰が誰であったか、本人どもにもおぼろになっているのが覆面の功徳でね。外目から隠すためのもんじゃない、あれは。内で変質するためのもんで。ひとたび面をつけて熱狂した者は、面をかなぐり捨てても、熱狂のつづく間は面のままなんだ。ある日、ぽろっと面が落ちる。しばらくは自分の顔がわからない。顔がとにかくもどる頃には、自分が何をしたか、よくは思出せない。

ひとりで喋りまくり、いつのまにか薙刀の尻を杖に突いて足駄でもからからと響かせる大股の歩みでフロントの前をそのまま、まさか通り過ぎたわけでなく、カウンターに寄って精算を済まし、道の情況もたずねて、麓からここまでは支障もないがここから上は開通までにまだ一時間はかかるという答えにうなずいていたが、十何時間かぶりに人と口をきいたせいか相手の声も自分の声も耳に遠くて、ひとり言の影のように聞え、やがて外の様子を見るふりをして、鞄を肩に掛けてふらりと雪の中へ出た。

除雪が始まっていた。作業員に声をかけて、山の上まで歩けばどれぐらいかかるかとたずねると、開通を待って車で行ったほうが早いだろうと答えた。そうだろうか、と知りもせぬ道のことに首をかしげながらあいまいに登りはじめ、しばらくして振り返ると、ホテルの前の道をしきりと行きつ戻りつする小型トラックの尻に、青い枝つきの杉の生木がロープで引きずられ、汚くなった雪を掻き分けていた。

――杉をたずねてとふ人もなし、か。

莫迦みたいなことをつぶやいて杉林の間の道路を登って行った。

先に連絡に登った車があるようで、淡い朱鷺《とき》色の陰を溜めて轍が続いた。有料道路のはずだが、雪を積もらせていると、人に見棄てられた不思議な道に見えた。枝尾根と谷との入り組みをなぞり、山腹をどこまでも曲がりくねり伸びていく。果てはどこにも行き着かず山陰を回りこんだところで霧の中へ融けて、歩いてきた男もそこまでの足跡を残して消える、そんな怪奇譚も成りそうな雰囲気があった。

残された足跡の上へ雪がまたさらさらと降りかかり、やがて道も斜面の下へ埋もれる。もともと地図にもない、どこにも登録されていない。ちょうどその頃空が晴れて、現実の道の除雪が終り、路面も凍りつかず、街から次々と車が登ってくる。ひきつづき前後左右を霧に閉ざされた雪あかりの中を男はぼんやりと進み、自身が道ごと人界から消えたことも知らず、杉の大木の下に立ち止まって袖の雪などをおっとりと払う。いつのまにか袖が寛《ゆる》やかになっているのを訝り眺めるうちに、顔つきが幽けくなり、ゆったりと舞いはじめる。

もう三年前の冬から雪の中で白い顔の、白い蓬髪の舞いを舞っている……。

——加賀の白山、知ってますか、ここは叡山だが。あそこでは雷が雲を擘《つんざ》くと、雪がもう睡魔のごとく降ってくる。それが、ふっと止む。妙な静まり方なんです。頭上に洞ろなどよめきが渦巻いているような。

気紛れなつぶやきが、声には出していないのに耳から聞えてきて、人の沈黙を恐れて関心を引く媚びの燥ぎがあり、黙りこむとすぐ背後から大股の、山歩きに馴れた大男の、足駄の音が従いてくる気がした。

——思わず足を止めて、あたりを見まわし、あらためて息を呑む、ちょうどその頃合いに、地に積む雪の表面からさわさわ、さわさわさわっと、粉が舞いあがり、煙のように揺らいでは立ち、耳の奥がごうと鳴ったかと思うとあたり一面濛々と、天へ向かってまっすぐに昇りはじめる。地から天へ、垂直に吹雪《ふぶ》くんです。被りものをさらわれそうになって手に摑んだ人間たちの髪も、雪にまみれて長々と逆立つ。一同、泡を喰って身近の樹に、なかば吹きあげられ攀《よ》じ登ると、大枝に手が届くか届かぬうちに、目のすぐ前から白くなって、吸いあげられた雪がどかっと落ちてくる、地響きのような音さえしてたちまち一間ほどに積もってしまう……いえ、見たわけじゃありませんが。

　また大法螺《おおぼら》を、と私は苦笑した。しかしもっと吹ける法螺があるものなら朗々と吹いていたい心地がした。膝頭にひだるさがあり、厚着の下で病みあがりの肌が濃いにおいの汗を滲ませた。雪あかりに酔ったかな、と首をかしげると、大股の歩みがまたついと後ろに従いた。こちらのほうが追っ立てられていた。ひょっとして自分自身の、過去が分身して雪の中を黙々と登ってくるのではないか。やがてひと言忠告して、追い抜いた背が霧の奥へ消えるか。それにしても重々しげな、芝居がかった足取りだ。振り向くとそ奴の存在を認めたことになってつけこまれる。背を固くしたとたんに、はたしておもむろに近づく歩調に合わせて、同様にいかめしく、沈痛ながら根の浮き立った声が流れた。呼びかけるのかと思ったら、ひとりで朗詠しはじめた。

　——八月十二日の午の刻ばかり、白山の神輿《じんよ》、すでに比叡山東坂本につかせ給ふといふ程こそありけれ、北國の方より雷おびただしく鳴りて、都をさして鳴りのぼる。白雪くだりて地を埋み、山上洛中おしなべて、常磐《ときは》の山の梢まで皆白妙なり。

　いかにも心地よげに、武者震いをこめて唸っていたが、いきなり憤怒の形相に変り、両眼をかっと剝くと、餓鬼大将の面影もあり、いっそう心地よげに、はらはらと涙をこぼした。

　——これ山上洛中の憤り、興福園城の嘲りに非ずや。この時顯密の主をうしなひて、數輩の學侶、螢雪の勤怠らむ事心うかるべし。詮ずる所、祐慶張本人に稱せられ、禁獄流罪もせられ、首を刎られん事、今生の面目冥途の思出なるべし。

——黙れ、いかめ房。観光旅行の俺にそんなことを訴えて何となる。もっともっとも、と叫ばせるつもりか。

そう怒鳴っておいて、自分で噴き出すかと思ったら、あんがいうろたえた。人生四十年、自慢じゃないが、そのような大見得は切ったこともなければ、切りたい衝動につゆ駆られたこともない。憤りだの嘲りだの、叫んで興奮するのは柄にもない。しかしうろたえた底から、妙な元気が湧いてきた。まるまった背がまっすぐに伸び、膝頭は萎えているのに大股の歩みになり、よろけては雪を蹴散らした。

——だいたい、あんた方は、叫ぶことは激越だが、呪咀祈誓こそおどろおどろしいが、軍《いくさ》は口ほどでもないではないか。豪傑の悪僧が何人かおって、敵前で派手な命知らずをやってのけるが、あれはまだ示威行為のうち、本式の軍ではない。いざ白兵戦に入れば、神輿を陣頭に振って、押しに押しまくるか。内裏にでも何処にでも雪崩れこむか。百と手負いの出ぬうちに神輿を棄てて散るではないか。端《はな》っから、棄てる潮時をはかっていて、軍になるぎりぎりまで騒ぐ、あとでますます声高に騒ぐ、やられておいて嵩《かさ》にかかる了見ではないか。結局は中央権力の安泰を頼りにしている、中央が健在であればこその威勢ではないか。あんたの、いかめ面も……。

身の程も知らぬことを口走りおる、と自分で呆れながら、ますます意気が揚った。悪口は口実で、じつは語るだに血沸き肉躍る、といったぐらいのものではないか。雪の上に、杉の木の間に、大勢の人いきれが立ちこめた。汗と饒舌と興奮と、それから飢餓感と、ひそかな恐怖のにおいがした。ひょっとして、この者たちがたいへんに好きなのではないか、深くひそかに、芯から同心しているのではないか。眉をひそめていてもあてにはならない。

——あんたらのは、いくら武力を振りまわしても、火をつけてまわっても、擬似軍団というやつだな。しょせんは中央あてこみの熱狂だな。我達《われら》なたねの二葉よりおふし立て給ふ神達、關白殿に鏑矢《かぶらや》一つ放ち當て給へ、か。

——陸奥より遙々と上りたりける童神子《わらはみこ》、夜半ばかり俄にたえ入けり。遙にかき出して祈りければ、程なくいき出て、やがて立て舞ひかなづ。半時ばかり舞て後、山王おりさせ給ひて、やうやうの御託宣こそ恐しけれ。

——何が恐しけれだ、先刻承知のくせ……しかしそいつがあるんだな、なるほど、半時も舞うのは、これは長いな。いかめ房は、狂うて舞うことはできない。童神子は、騒乱の息に触れるだけで気が絶え入る。しかしいかめ房も童神子も、一体なんだな。童神子からいかめ房まで一体でなければ、神輿は振れぬわけだ。

——瀧は多かれど、嬉しやとぞ思ふ、鳴る瀧の水、日は照るとも絶えで……。

――そいつは舞いは舞いでも、違うぞ、童も撥ね起きるぞ。

――遊びをせんとや生まれけむ、戯れせんとや……。

――そいつは遊女の歎きというぞ。いや、そうともかぎることはないな。まさか、東《あずま》よりのぼりたる四十男に、童神子の役をやらせるつもりじゃあるまいな。俺ならば、絶え入りて、あの夢を見てやるぞ。山王の御咎めとて、比叡の山より大なる猿どもが、二三千おりくだり、手に手に松火をともいて、京中を焼くとぞ、こいつを見て告げるぞ。事後にではない、事前に見てやるぞ、どうする、いかめ房……いや、あたしゃ、どのみち枝谷に這いこんで、すねているほうが、柄でして。

――佛は常にいませども、現《うつつ》ならぬぞあはれなる、人の音せぬ暁に、ほのかに夢に見え給ふ。

足音が背後の道をはずれ、また朗々と吟いながら、杉の尾根へ登って行くようだった。何を言ってやがるんだ、と私は舌打ちして、だいぶふらつきの来た足で雪の車道を歩きつづけた。奴らはたいていああだ。矢合わせ頃に敵前で、衆人の目を惹きつけて派手に暴れるだけ暴れて、命があれば、乱戦の始まる頃にはもう、物具脱捨て、浄衣に着替え、弓打切りて杖に突き、念仏など称えて悠然と前線を去る。童神子は寝惚顔で白湯などを啜っている。

――いや、待てよ。あれは宇治川だな、園城寺の奴だぜ。

だいぶ経って、我身に関りもないことをさも大事そうにつぶやいて立ちどまり、額に手をやると、冷い汗の下で発熱が始まっていた。谷のほうから鯨波に似た唸りがさっきからふくらんでは引き、やがてふくれきりになり、小型トラックが登ってきた。後ろに引きずられた杉の生木が傷だらけになって、濡れた雪を除けるというよりは掻き混ぜていた。まもなく乗用車が何台か、それにバスもやってきた。通り過ぎては音が消えるのを不思議に感じて歩くうちに、行く手に隧道らしき円い入口が見えた。

氷雨が降っていた。

人中にいた。大勢の人間が傘を差して足もとの泥水に惑っていた。若い男たちが寄ってたかって鐘をついて燥いでいる。どこから湧いて出たのだろう、と訝しいのはしかし我身のほうで、車のほかは静かな道からこの賑わいの中へ出た境目が、その驚きすら思出せない。沈黙はかえって落着いていた。いつのまにか傘も差していた。

講堂の長押《なげし》の上にぐるりと飾られた、念仏禅法華、あらかたの宗派の開祖たちの、いずれもこの山の修学者だったという、頰に薄紅をさしたみたいな肖像画を、年配の女たちと一緒に、つくづく感心した顔で見あげていた。頭の芯が疼いて、額《がく》から額へ視線を移す時に、棒をそろそろとずらすようにしないと、目の内が眩みかけた。

ゆるやかな谷のようなところへ降りて中堂の門に入り、靴を脱いで回廊の床を踏んだとたんに身体の揺らぐ感じが起り、吐気がかすかに動いて、思わず柱の太さから目をそむけた。物の質感も悪酔いを誘うものらしい。瀬を踏む足取りで進んで大甍の反りの下をくぐり、外陣の奥の桟の仕切りに寄って、しかつめらしく内をのぞくと、広漠とした闇のひろがりの中へ吸いこまれた。空を摑んだ目が馴染むにつれて、外陣の床よりも二間ほども深いところから、さむざむと広い石敷の床が浮んで、その正面のはるか奥に、こちらの目と同じ高さへ須弥壇が聳え立ち、燈がゆらめき、黒々とした厨子が扉を閉ざしていた。この広さ、この荒涼の威圧だな、これを人の叫びで満たして宥めようとする熱狂だな、合戦の叫喚の一式ぐらいはすっぽり入るぞ、とわけのわからぬことをつぶやいて桟から顔を引くと、暗い枡目だけになり、奈落の余韻が目の底に残った。熱の出ないうちに街へ下ってしまうことだ、と考えた。

やがて押し黙まり、はてしもない轍を辿っていた。身体がはっきりと熱のにおいを帯びて、雪がまたさわさわと降っていた。雪は疲れて取りとめもなくなった饒舌の名残りのように落ちていた。道は柔らかな轍の窪みを残して境も埋もれかけ、人影は見えなかった。両側は杉林の縁から靄に隠れて、あたりは谷とも尾根ともつかず、ただ細長い雪原にある心地がした。

ついいましがたの気がするが、まだ人通りのある道端から、小高い岡の上に堂の屋根をみとめて石段を昇りかけた時には、京都へ降りるか大津へ降りるか、バス停はどこだ、と考えていた。昇りきって、踏み荒されていない雪の中へ二、三歩進んだとたんに、背後から人の気配が跡絶えて、物が考えられなくなった。大乗戒壇院という。扉を閉ざした柿葺《こけらぶき》二層の、大きくも厳めしくもない建物のまわりを何となく一周して、何となく首をかしげ、いましがたの自分の足跡を辿ってまた裏手へ回った。濡れ縁の上へ這いあがり、息切れして、板壁に肩からもたれかかり、内へ耳を澄ます恰好になった。堂の暗がりに高い、生贄の台か、石の壇が築かれ、四方の隅に天王が立っているのを想った。憤怒の息が吐かれ、詰められ、眉間の皺が深く、目の光がつかのま、悪業を憫んで、内へこもる。やりおったか、とつぶやきが洩れる。そこで停止している。壇上に人影も見えない、燈《とも》も点らない。しかし火炎の、予感が淀んでいる。我に返ると、目は茫然と空をあおぎ、杉の枝にまつわりついて落ちてくる雪を眺めていた。そろそろと堂の縁から降り、踵を返すのも大儀で、そのまま裏手の道を下りはじめた。

それきり人のいるところを逸れたのでもない。何度か人の群れるのを眺めて通り過ぎた。遠く避けて過ぎたのでもない。また雪になったことを歎きあう上機嫌な声を間近に聞きさえした。しかし何もかも遠く感じられた。自身の歩く姿そのものが、自身に遠かった。轍に従いてしばらくして、右手遠くに木立に囲まれて幾宇か堂が点在し、人影らしいものもなく、踏み跡もない雪に隔てられているのを目にした時にも、自身のほうが遠景と感じられた。

遠ざかろうとする影を、轍が前へ前へと繫ぎとめた。そのうちにしかし徐々に流れの表情が薄れて、ともすれば前後のつづきのない、静止の本性をあらわしかけ、かろうじて背後へ送られた。足のほうは軽くなり、身中の熱の濁りがなにやら淡く澄みはじめた。

雪は右から左へ、左から右へと、のべつ向きを変えて舞った。落ちかかり吹きあげられ、見あげると靄の奥を、地表の雪の動きにかかわりなく、強い風が左から右へ渡っていた。尾根が近いようだった。

やがて垂直に、睡気を誘う速さで、降りしきった。

ひどいことになったな、さっさと街へ下っていればよかった、と私はひさしぶりにつぶやいて、服を払おうとして、ふっとその手つきに、誰かに見られている、いや、自分で自分の姿を、眉をまがまがしげにひそめて、眺めているのを意識した。もうすこしで姿が見えるところだった、と恐怖感がおもむろに差してきた。見えたら最後、それこそ消える最後の姿となるところだった、と戒めるようにした。

ほんのしばらくゆるめただけなのに、もとの歩調にもどるまでに、歯を喰いしばり、ずらし、犬歯を犬歯へ立てる苦しみがあった。ようやくもどった夢遊めいた軽さの底にも、喘ぎは続いた。いまや足の動きだけが、時間の流れを保っていた。しかし一歩ごとに、苦痛は白くなり、身体が背後へ置き残されていく気がした。置き残され、靄にかきくらされ、体臭をかすかに漂わせて、雪と降り、雪と烟り、しんしんと年月が積もっていく……。

さあ止まるぞ、次の一歩で動かなくなるぞ、と私は歯を剝いて喘いだ。笑っていた。やがて立ち止まり、袖を揺すりゆるりと舞う仕草をしながら、茫然と足もとを見まわすと、雪あかりの中に影が消えている。顔からも面立ちが失せて、ただ見あらわされた罪人の、鈍重な訝りだけが目を瞠っている。お前は偸《ぬす》んだと言われればそのとおりに、お前は殺したと言われればそのとおりに、うなだれて、記憶にはない悪行の、つぶさな所作を舞いはじめる。

罪も年月も雪と降りはてるまで、静かに舞い狂う……。

横川《よかわ》まで来ていた。ゆるやかな杉の谷の道々、看板の前に立ち止まっては絵本のような筆と色の、元三大師伝とやらの絵詞を一心に読んでいた。座禅を組む大師の面前の、壁に映る影が、鬼の姿と化していくのを、背後から弟子の坊主が戦々兢々としたような、すわとばかりいきおいこんだような浮き腰で紙に写し取っている絵の前に、ことに長いこと大まじめな顔で立っていた。

道端の三十三所巡りの石碑を、いちいち雪を払ってのぞきこみ、おみくじにあるみたいなへぼ歌を読み取っては感に入ってうなずいていた。

雪はやんでいたが、奥へ分け入るほどに積雪は深くて、うねりを打って盛りあがっていた。ふいに木の間から、麓の人家の眺めがひろがり、陽の光にはるばると輝き渡った時には、立っているのがやっとだった。

——おい、いかめ房、法螺貝を吹け、午飯時だぞ。

叫んだ口の、呂律がまわらなくなっていた。

あたりに人の姿は見えなかったが、人里の賑わいにすでに心をとらえられた。そのまま萎えた脚をはずませて、よろけては雪の中に膝をつき、大わらわに坂を転げ、よくも麓のほうへ駆け降りなかったものだ。やがて僧房の窓辺に立ち、依然として人影のないのを訝り、格子の間へ鼻を押しつけた。窓の内は炊事場らしく若い僧が流しの上へ青い頭をうつむけていた。

——あっ、坊さん、めざしを焼いてら。

見もせぬことを、悪童みたいに囃し立てたような覚えがある。

窓に蒼い、年齢のほどのわからぬ顔を差出し、指先で格子をひっそりと叩き、困りはてた笑みを浮べて、私はしきりに内へうなずきかけていたという。おもてへまわれと身振りで合図すると、格子に両手でへばりつき、白眼をやや剝いて、いよいよ恥しそうに笑ったという。

消えてまた見つけられた時には雪の中に坐っていた。

陽に朽ちゆく

これは青いぞ。東《あずま》と言わず京近江のあたりよりもまだ青いぞ。蕎麦さへ青しとはよく言ったものだ。ここはまだ信楽《しがらき》ではないが。

陽の光が木の葉に淡く透けて、仰ぎ見る顔にもほの青く照る。熱さましの露の、雫というところか。今朝は六時に起きて来た。葉そのものも余所よりは広くて柔らかく、寛やかに見える。新緑の頃はとうに過ぎていた。

——お宅は何や。

——真宗や。

——真宗て何や。

——門徒や。

——ああ、門徒か。

湖南を走る単線電車の中で老人がふたり話していた。住職に居つきと、傭われがあるという。居つきのほうが、やはり有難さはまさるという。村の住職がこのたび京都で得度することになったので、家ごとに奉加帳が回される。坊さんの格はそれでだいぶあがる、ということだから、トクドと聞いたのはこちらの耳のあやまりか。住職がいまさら得度とはおかしい。それとも乞食坊主が世の中を経巡りに巡ったあげくに、とある村に拾われて、傭われて、数年して京へ上り正規の僧籍を購う、とそんなことはまさか今どきあるまい。一戸あたり何万ぐらいやろか。今度はそんなにもならんやろ。どのみち坊さんは知らん顔や。

ところで、鏡山とはどの山のことだ、と私は窓の外の平野へ目を転じた。鏡山いざ立ちよりて見てゆかん、か。何者としてか、何の役にか、見当もつかないが、どこかで、篤実な住人たちにまるごと傭ってもらえないものか、と考えたこともない願望が頭をもたげかけたから不思議だ。下の句は、ええと、年へぬる身は老いやしぬると、莫迦な……。

辻までは踏切りを越して一本道と駅前で教えられたとおり、舗装道路がひとすじはるばると午後の陽を受けて輝き、車の往来はすくなく、選挙のポスターと、バイク屋が店先に派手な色彩を並べるほかは、道端の家はどこもかしこも戸窓を閉ざし、アルミサッシにカーテンを引いて閑としている。庭の隅に味噌壺やら醬油徳利やらが泥にまみれて転がされている。街へ出勤中か、それとも野良仕事か。やがて左右にひろがった田にはしかし、ちょうど田植えの了えた頃で、遠くまで人影ひとつ見えない。鴉が何羽か畔に降りて、いきまき歩く姿がまことに品悪く、騒々しくもつれあっている。もはや耕さず荻のごとき雑草を茂らせている田もあり、通りかかりの車が棄てるのかすでに都会のゴミを溜めながら、昔の湿地の俤《おもかげ》へ還りつつある。ここにやがて土を盛り家を建て、駅前徒歩十二分、新しく引き移ってきた住人たちは、たとえば夏の夜更けの床の中で汗にまみれて、陰湿の気が肌に粘るのを覚えることはあるだろうか。

夜中に駅のほうからもどると、田の上を覆うのと同じ白い靄が分譲住宅地を、新しい宅地だけをすっぽり包んで、居つきの農家だけがくろぐろと見える。そんな光景を目撃した者もいる。

遠く野の末を走る高速道路を眺めやって辻を折れると、道幅は狭くなり、田の縁を流れる小川に沿ってまっすぐ山もとへ向かった。山裾に民家が這いあがり、窓々が陽を照り返し、鶏や犬の声は聞えないがテレビのアンテナが立ち並んで、やや高いところに寺らしいものも見えたが、そこまで一面に続く田のなかに中間の目標となる物が乏しくて、道があまりにもまっすぐで明るくて、遠近が摑みにくい。ときおり車に脇を掠められるのを嫌って、土橋を渡って畔道にあがると、足もとに草花が咲き乱れ、水田の小波がひたひたと寄せ、羽虫が唸り、温もった背へ睡気が降りてきた。強い陽ざしの中で、膝頭の内に暗い萎えがあった。

歩きに歩いて、雪の中で気を失ったのが、さらに歩きつづけ、背に陽の温もりを感じて我に返ると、初夏の田園の中をまた歩いている。何もかもが青い。長閑なことだ、豪勢な話だ。春雨のごとく木の花が降りそそぎ、野辺に満ちる緑の祝福が、とこいつはアリエルの唄だが、苦から無苦へ、あいだの何カ月も飛ばして、いま目覚めたがごとく陽に背をまるめるのが、病んだ者の特権だ。男四十を過ぎて肺炎なんぞをやるとな、と友人が忠告してくれた、いくら軽く済んでも一年はまあ尾を引くと思えよ。それはそうだ、人間一度気が振れかけるとな、と私は胸の内でつぶやいたものだ、しばらくは壊れやすいな、殻がゆるんだようなものだから。なにせあれはひとり芝居で、人には見られなかったようだが、一世一代みたいな甘えを、とにもかくにも我身に許したのだから。あとがすこぶる荒涼だ。

しかし何だね、と友人は喜んだ。横川《よかわ》から救急車で街まで降ろされるなんぞは、叡山始まって以来のことかもしれんぞ。白い御山に白い車がサイレン鳴り響かせてさ、あれで死んでいたら豪勢だったのにな。また大袈裟なことを、観光客が山上で倒れて運ばれるぐらいはよくあることとさ、俺は何らしいよ、タクシーを呼んでくれればいいとはっきり言ったそうだよ、どうかおかまいなくと、と私は苦りきって、妙なことを思出した。さあ、こちらへお入れして土間に寝かせてさしあげろ、仏さまではないか、勿体ない、と年老いた僧が静かに話している。ああ、それから戸板を用意してな、行倒れの仏さんは戸板で運ぶものだ。戸板って何ですか、と高校生ぐらいの小僧がたずねる。げらげらっと、土間の隅で死んでいるはずの私は笑い出す。戸板いうのはな、と老人は笑い声が聞えぬらしく親切に小僧に教えている。そんなもの、ここにはありません、と小僧がきょとんと答える。いくら何でも寺に、戸板一枚ぐらい余っていなくてどうする、と土間の隅で私はまた笑いをこらえきれなくて、陰気な嗄れ声を喉の奥で転がす。冷たく硬直した五体を緩慢に悶えさせていた。すでに病院へ担ぎこまれ注射も済ませた、ベッドの上のことだった。点滴の針が腕に刺っていた。

熱にうかされていたあいだ、のべつ目の前に、やや遠く、ぽっかりと浮ぶものがあった。あれは小さな、片腕で抱えられるぐらいの五輪塔だった。湿っぽい山陰の藪の縁にあった。円い水輪が、つぶれた漬物石か、臼のように哀しげに見えた。火輪の笠はただ分厚くて鈍く、あとは上の風輪空輪も、下の地輪も、土の中から転がり出たクソカケ石と変りがない。それでも勝手に積み重ねられて、たまたま塔に、たまたま五輪になっている。それがまた、ただ倒れぬだけのあらわな偶然の釣合いのくせに、なにやら唯一無二の永遠めいた姿に見えてきて、とにかくあまりにも静かで、息苦しさに私は喘いだ。それとは別に、塔と斜交《はすか》いといった位置に、私自身の姿が見えていた。ただ坐っていた。御飯を頂いていた。雪隠に屈んでいた。大まじめな顔をしている。それにしても妙に深い沈黙があり、溯って一生の隅々にまで及んだ。あの静かさは五輪塔から来るんだな、とベッドの中で私はうなずいた。氷嚢の氷が宙でかさりと鳴った。何もかもが、姿だけを現場に残して、あの石の中へ吸込まれるのだな、女の膝を押分けている時も……。

翌日目をさました時には、熱はほぼ引いていた。塔のことは覚えていた。もう十年もせっせと稼いでどこか山陰の瘠地でも一劃買って墓所を占めるか、ほんとうに、小振りの五輪の塔を、小身ながら建之《これをたつ》るか、とそんなことを日暮らし考えていた。ここへ入りたい者、ほかに入るところもない者は、縁があろうとなかろうと、今生の縁だろうと他生の縁だろうと、入るがいい。ただし骨は灰をひと摑みだけ、塔の裏の土の中へ埋《い》ける。あとはどこかへ捨ててほしい。銘は地輪に順々に、小さな文字で姓名と没年享年だけ、あるいは名前も残したくないなら子の男とか丑の女とか、寅の男　殺人とか、卯の女　愛欲とか、辰の男　茫然とか、それだけでもいい……。

最初に一度っきり一万でも二万でも、春秋の掃除人に包んでもらおうか。一生どころか永代のことに、いくら何でも無料はいけない。あるいはこの掃除人に私自身が、丑の男書癡、すでに没したことにして偽坊主、山もとの小屋に棲まうか。短い経のひとつもまる暗記するか。建之者の人生について、静かに法螺を吹いて余生を過すか。

結局は三日寝ただけで、最初の旅の予定よりも二夜余計に泊められて家へ戻ってきた。塔への興味は残り、物の本を読むうちに、花が咲き新緑が萌えて、病みあがりがやはり仕事に追われ、ある日、五輪塔を個人の墓所に建てるなどということは、ことに庶民は慎しむべきだ、と老碩学が戒めているのを読んで苦笑させられ、やがて赤面した。私の考えているのは共同の墓所なんです、無縁墓地みたいなものなんで、先生。しかしやっぱり、駄目ですか、と夢は雲散した。

しかし五輪塔が数万と集まる、そんな墓所のあることを同じ書物で知らされた。嵯峨の化野《あだしの》のは、あれは真似ですわ、あんなもんじゃない、わしらのほうは、と四カ月前の叡山の登りの車の中で湖東の出身らしい運転手がしきりと自慢するのに、さてなと首をかしげていたことが思出された。三日ばかり、夜の床に入ると石塔の大群が浮んで、身のまわりにひしめいて、その累々とした、肉感めいたなまなましさに魘《うな》された。

おい、また旅行に出かけるぞ。三日ほど蒸発させてもらうわ。この陽気だからまさか行倒れもあるまい。身体に怖気づくのが身体にいちばん毒だから。この前のことで世話になった人たちに挨拶もしなくてはならないし……。

世話になった人に挨拶とは太い嘘をついたものだ、こんな見当はずれのところを歩いていて、とつぶやいて畔を離れ山もとの村に入り、やや汗ばんで病熱のにおいを思出しながらゆるい坂道をたどり、まもなく菱の葉の一面に浮く溜池を眺めて家並のはずれ近くまで来ると、道端の草むらに灰色の作業服を着た老人たちが二十人ばかり、尻を垂れてしゃがみこみ、道の下手のほうを眺めていた。労務者たちに見えたが昼の弁当の時間には遅すぎるし、物も喰っていない。談笑もしていない。道路工事をしていた様子も見えない。手に花やら樒《しきみ》やらを携えている。揃っていかにも温順な、手にした花のせいか、なにやら初々しい顔つきで待っていた。のぼってくる私の姿にたいして、かるい困惑が見えた。門ごとにいつのまにか女子供たちも出ていた。

背後で鉦の音がした。さっきから強い陽ざしの中で一点ずつ孤立して、幻聴のように鳴っていた。振り向くときらりと目を射るものがあり、いましがた物も思わず通り越してきた角を折れて鉦打ちと、長い幟を押立てた男を先頭に、老若男女の列が静々と繰り出してきた。


参ったな、とむらい、野辺送りではないか。私はしばし、立往生のかたちになった。行く手はゆるい登りの一本道で遠くまで人影もない。先を行けば、あたふたと逃げる背を人の目にさらすことになる。目指すところはおそらく同じだろうから、物見遊山が、野辺送りを先導するかたちになる。それは願いさげたい。しかし後に従くとなると、列の進みはいかにものろい。もしも寺が一里も二里も先なら、余所者がやがて、葬列の歩みになりきらなくてはならないのだろうか。作業服の老人たちが花や樒を手にゆるりと腰をあげた。してみると、地元の農家の老人たちで、あれが昨今の野良着らしい。

しかたなく、とりあえず老人たちと反対の道端に身をよけて、でかい肩掛鞄をうしろに隠し、棒杭になったつもりで待つうちに、やがて先頭の鉦が近づいて、通り過ぎざまに冴え冴えともう一打、思わず首が、頭ががくんと前へのめった。幟が上空の風をはらんで通り、喪服姿の列が続いた。心ならずも悔みの姿勢を取る旅の者に、列の中からこちらもどうやら心ならずもかすかな目礼を返す人もあり、私の首はいよいよしゃちほこばり、つと大袈裟になりかけた。お前こんなところで、人さまのおとむらいに、何をしているんだ、と咎める声がした。まさか芝居がかって手をしんみりと合わせたりはすまいな、とかすかな強迫に似た、心もとなさがひろがった。喪服が平服にかわり、小さな子たちの姿も混り、読経の声が近づいた。

陽の光の長閑さと葬列の従順さを揺すり、鞭打ち、嵩《かさ》にかかって脅し辱しめるような、おどろしい梵声の合唱がうねりながら近づいてきた。長い竿に法燈らしき造り物を掲げた男が行き、つづいて金襴の袈裟をまとった長老の僧、その両脇に柿色の衣の若い僧が従いて、さらに高い天蓋がうしろから傾けて差しかけられた。柿色の僧たちがほとんど居丈高に、兇悪なような肉声で経を怒鳴りちらし、そのあいだを長老の導師の声がやや細くて高く、いっそうあらあらしい力をひそませ、それでもすでに肉声ではなく、透明に際立って流れた。たった三人の合唱が、まるで谷に満ちた蟬の声が岩の轟きのようになり、やがて芯から幽けく澄んでくる、そんなふうにも聞えた。

あれを尊い、有難い、というべきなのかな、と私はいつのまにか呆気に取られた顔をあげていた。数年前に亡母の郷里の、伯父貴の葬式の時に、やはり日照りの夏の本堂で、金ぴかの袈裟をまとった導師が伯父の棺に近寄り、やはりおどろおどろしげな唱え言をしながら、払子《ほっす》だったか扇子だったか、手にした物で棺の角をぽんと叩いた、とそんなことを思出した。その陰気な音まで耳に聞いていた。と、目の前を、白衣の男が通った。通り過ぎてから、私は首をかしげた。白装束に白い布を、額につけていた。僧のようでもなく、何の役割りともなく、ただ歩いていた。なにか列にまじわらぬ印象さえあった。衣のいくらかくすんだ白さから私は覚えのあるにおいを嗅がされた気がして、しかし何の妖しげもない、肉感もはっきりある背を見送るうちに、陽の照り返しに暗くなりかけた目の前を、棺が通りかかった。

左右三人ずつの男に輿《こし》に担がれて、青紫の布を掛けられた縦長の、座棺の形ではあるが、死者《ほとけ》を内に納めるには小さすぎる。おそらくお骨にした上で、骨壺をさらに昔の座棺のこころであの大きさの箱に納めたのだろうか。いかめしい荷を担ぐ男たちの、足取りがやはり軽い。それでも降りそそぐ陽の光がそのあたりで重たるく、濃い陰を流すように感じられた。つづいて遺族らしいのが何人か、それからまた白装束の、これは年配の女が頭にも白い布を被り、死者の膳を捧げて通り過ぎた。膳には水と粉っぽい団子が供えられていた。その膳のせいか、役のはっきりしているせいか、白装束が今度は奇異にも映らなかった。私の目はむしろ、つぎにつづく遺影のほうへ惹き寄せられた。

死者の写真にではない。それを胸に抱えた豊満な中年女の、陽の光を押返す黒いワンピース姿に、生白く汗ばんだ首まわりに、そちらのほうへ私は思わず、たじろいで一礼したことだった。

何たることか、と面《おもて》をあげると、返礼はあったのかなかったのか、はちきれそうな後姿が街の女の足取りで遠ざかり、かわりにまた目の前を、長さ一間はある太い角柱が、これは卒塔婆らしく、女名と七十幾つの享年を白木に黒々と記して、たった一人の屈強な、しかし若くもない男の肩に担がれて行く。こちらにはずっしりと重みが、ときおり揺らぎかける足もとに見えた。導師の椅子が二人の男に運ばれ、その後から花と樒と、灰色の作業服の老人たちがそろそろと列に加わり、墓地まで一緒に行くらしく、私もその尻に、ここまで長い道を一人でやってきた早足の習い性をもてあまし、曖昧につづいた。

堰き止められたな、淀んでしまったぞ、またどちらへ流れ出すか、わからなくなった、とそんなことを思った。まぶしい光の中をあらためて睡気が降りてきた。

葬列は寺へ向かう坂道を右手に捨てて、谷のほうへまっすぐに入って行った。この寺の縁《ゆかり》の墓地ならいずれ同じ山まわりだから、もうさほどの距離もないのだろう、と山門の近くでようやく一人の心地にもどって振り返ると、白く照る一本道を、長い列が幟を押立て棺を輿に担ぎ、動きのほとんど失せた、遠い記憶の像のようになり、ひきつづき長閑に辿っていた。鉦の音と、読経の声の切れ端がわずかに風に運ばれてきた。足もとの道端にはすでに石の塊がひと山、なかば風化され、塔の形をなしていないもの、一見男女が寄り添っているかに見える双体の浮彫の石仏なども混えて、雑然と積みあげられていた。

山門を潜り、長い石段を昇る途中で、耳もとでいきなり男たちのどっと笑い躁ぐ、幻覚めいたものが弾《はじ》けたかと思うと、耳の奥がすっと、うつし心がついた感じで静まり、さきほど葬列を離れた時から、風に聞える声とは別に、読経に似た耳鳴りがつづいていたことに気づかされた。その静かさの中へ、至るところ人の頭ほどの丸石を転がしてうねる黒土のひろがりの、その中央に白々と打ちこまれて立つ生木の角柱がつかのま浮び、背がいまさら盛んに汗を噴き、脚が別人のように、深くたわんで、健やかに石段を踏んでいた。

五体から久しぶりに、衰弱感が引いていた。陽の光の中へ両の掌をひらくと、病気以来黄色く皺ばんで乾いていたのが、ひと皮剝かれたか、桜色に血の気を浮せて、ふっくらと肉がつき、手相までが太く勁く、すっきりとなったふうに見えた。しかしその掌を頭へやると細くて粗い、白髪の感触がした。金物の焦げるのに似たにおいがかすかに漂った。病中病後、夜な夜な寝床の中で髪が細く、白く生え変っていく気がして、翌朝鏡をのぞいては首をかしげたものだ。人にもたずね、年にしてはまるで黒いと笑われて、また訝しいような思いをした。いつかそのうちに、どこかで我に返ったとたんに、一度に白くなる。そんなことを想像した。

髪は白く、顔は老相のまま、皺ひとすじまで消えて、みずみずしくなる……。

気色の悪い生命力だ、と私は清潔な石段に向かって、眉をひそめた。輿の上に運ばれる死者の、初々しいような姿を思った。いや、あれは座棺ではない。すでに骨に灰になっている。しかし、座棺の形を取ったからには、やはり死者の肉体ではないか。大の男六人に担がせていたではないか。詰まった寸法が、かえって存在の濃さを際立たせていた。そして葬列のすべてが、鉦も幟も読経も、白装束も食膳も参列者たちの汗ばむ肉体も、おのずから死者の肉体の存在を、それぞれの体感として分かちあって運んではいなかったか。その一行にしばらくでも寄り添えば、薄まった生命の中へ何かが乗り移ってくる。かすかな交換がおこなわれる、ひそかな、しかしあくまでも肉体的な一部蘇生が……。

それにしても、軽い棺を六人もかかって担ぎながら、重い角柱の卒塔婆をたった一人に運ばせるとは。

膝に力を溜めて、私は石段をゆっくり昇った。別人の健やかさはつづいた。私もまた、どこかへ何かを、陰惨なものを陰惨なところへ、自身の分として運ばなくてはならぬ気がした。いつのまにか、知りもせぬ経を唱えながら重荷を一段ずつ押しあげるような、足取りになっていた。

そして石段を昇りきり、隅々まで光に曝された庭に立った。中央に高く、焼け爛れた石肌の三重塔が輝いて、その周りを四角に、石垣で囲ったその四辺に、大ぶりの五輪塔が二列にぎっしりと、分厚い笠の上からやや傾いだのも混えて並び、白けた土の廻廊のような庭の外辺にも、やはり四角く境されたその内に、こちらは風化の進んだ、なかには五輪もおぼろな塔の大群が身をぴったり寄せあい、賽の河原の、いましがた通りすがりに積まれた石塊《いしくれ》のようにひしめいている。その外から松林が大枝を差しかけ、唯一の生き物として、わずかに風の音を吹き降ろしていた。

陽の光も、石の照り返しも、互いに烈しさが極まって暗いように静まり、陽炎も立てず、火輪の笠の下、水輪の球の上に、陰がとろりと溜まった。その今にも熱い石を伝って流れそうな陰へ目をあずけるうちに、形のほぼ揃ったと見えた塔のひとつひとつが異った笠の厚みと球の潰れをあらわし、それぞれに傾いで、なまなましくなりかけた。私も陰を足もとに滴らせ、いつのまにか内陣のほうの五輪塔に背を向けて、外陣の一郭にひしめく一石造りの五輪のほうを眺めていた。輪と輪が石に繋って、石に融けあって、解き放せないのを苦しく、いとおしいように感じた。

石も腐っていくんだな、としばらくして思った。石も生育する、と感動した詩人もあったようだが、これらの塔を造った石工たちはおそらく、石も朽ちるということのほうを熟知していた。初めからその知をこめて塔を形造った。やがては残骸となり、ひとところにまとめられ、捨てられ、土に埋もれる、石も人体と変らぬことを、すでに見ていた。むしろ朽ちなくてはならない、と。

あたり一面にまばゆい光の中を、石の腐れていくにおいが、炎とゆらめき昇る気がした。

その時、目の隅を人影のようなものが横切り、はてとしばし首をかしげてそちらを眺めやると、髪も髭も茫々の大男が、色もすでに定かでない垢まみれの破れ衣に荒縄を腰に巻き、朽ちた五輪のひしめきをむこう端から順々に、いかつい手で責めるがごとく一塔ずつ素早く指差し、ひとしきりしては重々しく掌を合わせて数珠を繰っていた。ぼろぼろにほつれた裾からぬっと地を踏む毛臑と大足に、見覚えがあった。

——おい、いかめ房ではないか。合戦の途中から雲隠れして、こんなところで何をしている。

——数えている。ほとけの頭数を数えている。

——そんなもの、数えて何になる。荒法師が、軍《いくさ》から零れて、三昧《ざんまい》法師になったか。おどろおどろしう振舞うて、どこぞの疚《やま》しい人心に取り入って、永く住みつく魂胆か。

——供養する力も失せた法師は、数えるよりほかにない。人に後世に伝えおかなくてはならぬ。これが唯一残されたつとめだ。

——何を言ってる、いかめ房が。ここは合戦跡ではないぞ。これはこのあたり一帯の暮しの、土の中から掘り起された石だそうだぞ。

——知っている。田畑の底に埋もれていた。草の中に転がされていた。井戸の石垣にも家の土台石にもなっていた。破れた川岸の、道の、修理にも使われていた。

——火輪の笠をひっくり返して埋めてな。考えたものだ。水輪は漬物石にもなるぞ。

——知っている、俺のような者たちが集めた。無縁のものをせめて集めて、数えて、書きつける。それだけのことだ。説教もせぬ、経も唱えぬ。運べぬものは道端に草の中に、おおよそ塔の姿に積んで去る。とりわけ数えることだ。どんなに夥しくとも、ひとつひとつ、ひたすら数えて数珠に繰ることだ。それよりほかに、することも、生きることもなくなった。

そうつぶやいて、やはり合戦のほうがふさわしそうな太い腰を低く屈め、薙刀を取っては敵もなかった肩を、こちらはおのずと習い性でいからせ、蓬髪の下から、かつては熱弁と睨みで一山の大衆を左右した大まなこを、今は潤んだ傷のようにしょぼしょぼと半眼にひらき、おそろしい勢いで塔を数えながら私のほうに近づき、一心不乱に数えつづけて私の前を過ぎ、端まで行って、転げ落ちそうに傾ぐ空輪をひとつ、うやうやしく両手を添えてなおし、もう一度合掌して数珠を揉んでいたが、いきなり片足を撥ねあげて小躍りしたかと思うと目を剝いて、遊びをせんとや生まれけん、照りさかる陽の中でまたふっと掻き消された。

——おおい、どこへ行く。いま躁いだのは何事だ。

——三輪まで行く。もうながいこと人が待っている。

——そいつは何者だ。何か好いことがあるのか。男か、それとも女か、おい。

我身の陰の濃さを痺れのように引きずって、内陣の五輪塔の並びの角から顔を出すと、いわくありげに急ぐ背が、大童《おおわらわ》の名残りを足取りに見せて、石段を降りかけるところだった。

杉を訪ねて

収蔵庫には若い男女たちの一行の、青味の濁りを思わせる、盛んな体臭が満ちていた。十一面観音像は硝子張りの内で蛍光燈のひかりを受け、かすかに歯を剝いていた。頤《おとがい》に力をこめるあまり、唇がめくれて、門歯がのぞく。とそう見たのはしかし目の誤りで、よく眺めれば、唇はやはりおもおもしく結ばれていた。それにしても肉づきの豊かな、仏の面立ちの、口もとに力が集まっている。力はふくよかな顎《あご》から頤の内にみなぎり、張りつめた唇が、今にも盛りあがり溢れそうな、ひずみの綴目のごとくに見えた。憤怒の発動の寸前の、やや奇怪な静の相と映ったものだ。観音にも憤怒の相はあるのだろうな、と私は若い者たちの出て行くのを待った。

戸外はひきつづき晴れ渡り、初夏の光が降っていた。半時間あまりも前に私は山際にゆるやかにひらけた田のほとりへひとりバスを降りた。人の影も見えぬ白い坂道をしばらくたどり、山邸に似た寺の本堂に着いて汗を拭い、さて濡れ縁から渡り廊下の長い石段を昇って、四角四面の収蔵庫の鉄の扉に手をかけ、いましがた玄関先の履物の列を何と見て通り過ぎてきたのか、まだ一人の心地で観音の像をすでに目に浮べて把手を引いたとたんに、内から青いにおいが吹きつけて、狭い空間に若い男女が二十人ほどもひしめき、まるではるばるとやってきて銭湯の内にでも迷いこんだように立ちつくした。奥へちらりと目をやると、観音が歯を剝いて、笑っている。思わず詫びて、目にしたものを内へ封じるふうに、扉をそっともとへもどし、息をひとつ深くつき、はてと本堂のほうへひとまず引きさがった。

拝観者たちが隅をかすめて素通りする本堂には、ひんやりと暗い空気の淀む須弥壇の奥にいきなりむっくりと、地蔵が坐っていた。どこか野の石仏めいて、それでいて肌にはかなり褪せてはいるがそれでも桜色に近い、なまなましい彩色がほどこされ、顔も身もただまるまるとして、巨大な人形にも見えた。

女人安産求子祈願の地蔵尊とある。

収蔵庫の一行は美大生の研究旅行らしく、解説者もつけて念入りの見学のようだった。地蔵さんは、三途のあたりばかりでなく、女人の胎の面倒まで見るのか、と脇から眺めるうちに、若い連中の体臭がまた思出され、やがて玄関のほうで女の声がふくらんで、背広とワンピースと、小綺麗な身なりの三十前ぐらいの夫婦者が本堂にあらわれ、一歳ほどの白い縫ぐるみみたいな子を抱えていて、渡り廊下のほうには目も呉れず、須弥壇の前に並んで正坐した。お礼参りと見えた。燈明をあげ、手を合わせ、格別信心深げにふるまうでもなく、車でひと走りついでに寄ったというふうだが、すぐには立たずにいた。子は父親の膝にのせられ、暗がりを恐がりもせず、寝足りた喉声を立てていた。お参りをおえると夫婦は子をあやし、さすがに声はひそめて話をはじめた。辛気臭い空気の底を、女の化粧の香が伝わってきた。もうひとつ、満ち足りたにおいがあるような気がした。しばし疲れをやすめて、帰り道の相談をしているようで、それだけのことだが、子の声の相間に、男女の声の影がやがてささやきつのり、ごく日常の寛いだ口調に、それなりにひしひしと睦む感じがふくらみ、私は居心地が悪くなって濡れ縁に出た。裏山の竹林のそよぎに眺め入るうちに、夫婦は笑いの名残りを喉にふくませ縁に出てきて、足もとに私の姿を見ると声を呑み、収蔵庫のほうへ昇って行ったが、扉をあけてのぞくかのぞかぬかのうちに、二人してスリッパの音を響かせて降りてきた。いつのまにか年寄り臭くまるめこんだ私の背のうしろを、ああ、息が詰まるわ、と今度は声もひそめず、肌に穢《な》れた香水のにおいを振りかけて過ぎ、玄関から引揚げて行った。

足音を耳で送って私は立ちあがり、時間に苦しむような苦しまぬような、あいまいな足取りでまた階段を昇りかけると、ジーンズ姿がざわざわと降りてきた。収蔵庫の内にはまだ六、七人が、心残りに像を仰ぎ、空気は相変らずむせるようだったが、私は扉から脇のほうへ滑りこんで壁ぎわに控えた。

年配者の堂に入った正坐の姿となった。観音は観音でも、これはまさに、男の仏ではないか、とたわいのないことに讃歎しながら、異相の気配がともすれば口もとに浮びかけるのを訝るうちに、学生たちは一人二人と出て行き、最後の者が外からしばらく名残りを惜んで、扉が閉じられ、一人きりになった。歯を剝いて笑い出すのではないか、と恐れが走った。しかし目もとの森厳さがひときわ深みを増しただけで、奇怪なものは影もあらわれない。薄色の敷物の上に私はあちこち座を移し、右から左から、遠くから近くから仰いだ。そのつど視線が吸いこまれ、渇仰のごとき情感が満ちて、像の質感の中へ融け入りそうにはなるが、そのつど生身の内におろおろとうろたえるものがあり、我に返ると、いかにも魂胆ありげな背つきでかしこまっていた。やがてふてたような胡坐をかいた。それからふっと眉をひそめると立ちあがり、扉を細くひらいて間に鞄を押しこんで庫の内の臭気を逃がし、像の正面は避けて斜め右の足もとのほうに腰を沈め、所在なくて肱枕をついた。

青い藻のような精気が、敷物の内からふくらんで、横臥をつつんだ。

あれはどういうものだろうね、とつぶやいていた、女をもとめて堂に籠るというのは。おそろしい仏の前で、こういうにおいにつつまれて、うつらうつらとするのだろうか。仏の面に奇怪な憤怒の相があらわれるまで、我身の情欲と恐怖を煮つめるのか。夢が通うというのも、そうなれば凄まじいものだ。やんごとなき方の女を呪縛するぐらいの力は、あるかもしれない。そう言えば初瀬などというところも、この先の谷の奥らしい。大昔は死者を葬る谷だとも聞いたが……。

そんなことを思い、睡気の中から目をどんよりひらき、毛羽立った敷物の上に、まず肱のあたりから、やがて首を肩のほうへひねって、扉に近いほうの向う隅まで、落し物でもあるように、視線を小出しに這わせては手繰り寄せていた。だいぶして、さきほどそこの隅に女が坐っていたことを思出した。姿は見ていない。まずにおいとして伝わってきたものだ。若い者たちの重く濁った体臭を分けて、そちらの隅からときおり、鋭く透明に細った、怒りのようなけはいがほのかに寄せてくるのを訝っていた。正面を仰ぐ学生たちの間でたった一人、正坐する私のほうをあらわな目で眺めやっているようだった。白っぽい寛やかな物を着ているのが、ジーンズの間に寝巻がひとり混っている、そんな印象を目の隅のあたりにわだかまらせていたが、こちらはまともにも目をやらなかった。

何者だろう、と私は像を見あげ、歯を剝きそうなけはいを宥め、細目にあけた扉のほうへ耳を澄ました。笹の葉が一斉にざわめいて、髪の根が締まり、風が過ぎると石段をそっと踏みしめる、足音があった。途中の踊り場のあたりで消えて、風の名残りだけが顫え、耳のせいかと思いかけた頃、はっきりと近づいてきた。

起きあがらなくては、と私は悠長につぶやき、手足がこわばって動けずにいた。俺も人を殺すことが、あるのかもしれないな、とそんなことを思った。

扉があいて、先の女が夏の光を負って立った。縁の広い白い帽子を目深にかぶっているのが、気の振れたしるしと見えた。いったんまともにさらした身を戸の陰に寄せ、腰を引いて内をのぞき、さきほど私が正坐していた壁ぎわをしげしげと見やりながら、寝そべる姿が目に入らぬのか、白い頤をわずかずつ左右に振るにつれて、横顔に翠の光が流れ、ああ、知った顔じゃないか、と私は夢心地に眺めた。

十年も前に一度きり、寝たことがある、と肱枕の中から顔だけ捩じ向けていた。やがて女は眉間に皺を寄せて、動きのならぬ男の身体を足もとまで見まわすと、白い裾をゆらりとさせて、敷居にはさみこまれて崩れた靴を気色悪げにまたぎ、枕もとまで寄ってきて両膝をむっちりとつき、いま戻ったふうな息をついて、像に向かって細長い指を合わせた。

「坂の途中から引返してきましたけれど、わたしに、また用ですか」とそれからたずねた。

坂道を降りきったとき、田のむこうにバスが停まった。年寄りの客を一人二人拾って、扉をあけたまま発車せずにいた。私は思わず駆け足になったが、残りの道の長さを見て、すぐにあいまいな足取りになった。ひと息ほどおいてバスは扉を閉じてそろそろと、まだこちらの足を誘うように動き出した。女の笑い声が光の中に弾けた。いつのまにかすぐ背後まで近づいていた。

女の肩に両手をあてがって、拝み倒すみたいにして、私は収蔵庫から押出したものだ。二人して外に立つと、しっかりと扉を閉めてあたりを見まわし、女の先に立って石段を降りた。庫の内でもつれる影が、目の内に残った。スリッパの音がけたたましく後を追ってくるのを、ちらりと振り向いて目で制した時には、まだ何女とも名前もろくに思出せていないのに、長い関係の粘りつく目つきになっていた。

女を先に行かせて自分がしばらく留まったほうが、受付の目に怪しまれないとは思ったが、いったん逃げ出すと、さしあたりそばに寄られるのもけうとい気がした。本堂の濡縁のところからもう一度、すぐには従いてくるなと目で戒めると、女は踊り場に両足を揃えて立ち、何事が起ったのか、いっこうに不思議そうな、あどけない顔でこちらを見た。

暗い須弥壇の奥からぬっくりと、桜色の肌の地蔵の坐像がこちらを見ていた。本堂の隅を横切り、女の足音が従いて来ないようなのでようやく落着いて玄関で靴をはき、お世話さまでした、と妙な挨拶の声を受付の老人にかけ、寺の門を抜けて石段を降り、白く照り返す坂道をしばらく行ったところで、陰険らしく振り返ると、女はすでに門をくぐるところで、陽の光の中で帽子を目深にかぶりなおし、服の裾をことさら両手で整えなおし、腰を引いて、内腿に意識を集めて、石段へややぎごちない足を踏み出した。それきり私は後も見ずに、広い戸外の人目に立たぬだけの間隔を稼ぐために、たゆみなく歩いた。肩に掛けた重荷にもかかわらず下り坂に足が浮きかけたが、駆け足にはなるまい、と戒めた。道はあくまでも明るく、女の足音はひたとも聞えなかった。観音像の前に忘れ物を、なにかなまなましいものを遺留してきたような心残りが、うしろへは引かず、かえってしきりに前へ追い立てた。坂の中途まで来たとき、右手遠くの山の根を回って、バスが姿をあらわした。間に合うまいな、と私はあきらめた。自分一人なら、駆けて手を振って、どうにでも捕まるのだが、と悔んだ。

「バスの走り出し方が、おかしかった」と女は笑いに悶えながらふらふらっと寄ってきて、私の前から道端へ逸れると、笑い崩れるようにしゃがみこんだ。「バスの中から、見てましたよ。駆け足をゆるめなければ、待ちましたよ。車を出したあとも、まだ見てましたよ。車の内と外でお互いに顔色を見ていたみたい。あたしは、心臓が悪いんですよ」

帽子の庇の陰に入って顔は見えなかったが、笑いの立つたびにわずかにのぞく頤の先の白さから、蒼ざめているのがわかった。荒い息をふくんで背が小刻みにふるえて、薬品を思わせる、鋭い汗のにおいの波を光の中へ送った。

バス一台逃がせば次は一時間あまりも待たされることは、来る時に標識の前で確めていた。車の往来は稀でもないが、空車のタクシーの通りかかりそうなところでもない。

「十年になりますか、驚いたなあ」と私は話しかけて、口中の粘りから、自分がさっきからひと言も口をきいていないことに気がついた。「すこしも、変らない、年を取りませんね。学生の間で、気がつきませんでした」

「三十五ですよ、もう。頭が悪いのであまり年も取りませんけど。子供は死にますし、母親はなくなりますし、亭主は出て行くし、ひと頃は朝起きるたびに枕もとから、両手で掬えるほどに、抜毛が溜まったものですよ。白髪などがありまして。そのことも面白がって、気楽にしてましたけど、もう女でなくなったのかと、諦めかけた日もありました」

そうだしぬけに言いつのりかけて、「おひさしぶりでした、白髪もおありになりませんのね」と声をおさめると、尻を低く垂れ、むっちり折った太腿の上に両肱をついて、合わせた両手に頬を寄せ、小首をかしげ、息の静まった背を不思議なように柔らかく、膝の上へまるめこんだ。これは小さな女の子のしゃがみ方ではないか、と私は眺めた。お小水《しっこ》をするみたいな恰好で、膝のあいだから黒いズロースをのぞかせて、家の門の前などにいつまでもまるくうっとりと坐りこんで、通る人に見られている。からだの奥所を一度きりとはいえ触れられたことを、陽の光の中で黙って主張しているようにも見えた。

「息がおさまったようなら、立ちあがってください。道路に出て車を待ちますから」

収蔵庫の中では、私は身を起すや女を抱きすくめたものだ。衝動らしいものを覚える暇もない。女が仏像からこちらへ目を移して、受付には忘れ物をしたと言ってきましたとつぶやいた、その途端にだった。合わさった唇がめくれて、歯が触れあい、歯を剝いて笑う顔が目の前にあり、膝を床に沈めてあらがう女を、私は荒い力で引きずり起した。女の股間のふくらみが膝にあたり、ひと息に扉の外へ押出していた。処女《はじめて》ではないの、と十年前には女はこちらの首にまわした腕に力をこめ、重なり合った瞬間、恐怖のような顫えが腋から脚へ突き抜けた。思わず引こうとする男を、腕の輪を縮めて引きつけ、また二、三度あらわに身をこわばらせてから、行って、と嗄れ声でつぶやくと、鳥肌の立った五体が冷いように静まった。

「あたしは日陰で待ちますから、車をここまで連れてきてくださいな。この一本道をずうっと入って来れるでしょう」

女はゆっくり腰をあげると私の目の前を横切って、赤茶けた杉の木立の陰に入り、幹に背をもたれかけ、むごいような目でこちらを見た。私は背を向け、吹きつける風に俄に唇のにおいを意識させられ、道路まで長い畔をたどった。

空車はやはり来なくて、私は重い荷を肩に、傾いたとはいえまだまだ陽盛りの中を道路に沿って上手のほうへ、山あいへ向かって歩き出した。ゆるい坂の途中から振り返るたびに、距離は隔っていくのに、田のむこうの山もとの、畔の辻あたりに、赤枯れたはずの杉が黒々と聳えて、幹に寄る女の姿がくっきりと白く陰の内にあった。道の前方には両側から太い尾根が襞を重ね合わせ押出している。しばらくまっすぐに歩み、やがて山塊の重みに目が馴染んで、徐々にすぼまっていく寛やかな谷の内にある、地形の感覚に身がなりきった。また振り返ると向う岸の例の杉の木が明るい遠近を破って、ひともと際立った。女は身じろぎもせず、こちらの動きを目でたどっているようだった。

呼べば届くだろうか、と私もかなりの距離へ目を凝らした。答えが返ればもはや何女であれ、この暑さにひたすら肌を恋う心が起って、あの木のもとまでひとすじに繋っていきそうに思えた。しかし呼びかわしはこの際、色恋のことはどうでも、お互いに福を招くか禍を招くか、せめてあの女にとって、長い厄を落す機縁となるか、それともいらざる厄を重ねることになるのか、と女のことでは今まで考えたためしもない、まるでおのずと一身を超えた、占いめいた思案に引込まれかけた。杉の木を仲立ちにして男と女が、険呑ながら豆粒ほどの存在に、豆粒ほどの情欲に見えた。

寺の坂の途中から見えた山の根の手前で、谷をくだって空車がやってきた。車道にまで出てその車を停め、座席で息をつき、ほんのつかのま、私は女のことを忘れた。あらためて窓の内からのぞくと、澄んだ谷の大気のせいか、杉の根もとからこちらの車の動きをひっそりと目で追っているのが、手に取るようにわかった。その冷やかな悪意に感応して、車の内では疚《や》ましい悪相が浮んだ。最初に悪い寝方をすると、重ねたところで痕跡は消えないものでね、とすでに逃げ口上になっていた。

運転手に声をかけた時には、車はバス停を通り越して、十米ほども先で停まった。ひらいた扉から私は上半身を乗り出して、ああ、風に靡いているな、と青田に目を細め、杉の木のほうへ手招いた。ようやく日の暮れの気配が降りてきた。

女はしばらく動かずに見ていたが、もう一度はっきり手招くと、背で幹を押してふらりと木の下を離れ、下腹を庇うような、腰を残しぎみの足取りで、すこしも忙がずゆったりと、車の内から眺められるままに、畔を踏みしめて近づいてきた。

「子種の寺やね」と運転手が煙草に火をつけた。

ああ、十年前に一度きりの縁なんだけどね、いまごろになって、これはなるほど、おめでたの姿だねえ、と私は胸の内でつぶやいて眺めていた。

殺風景な新開地風の駅前の、破れ提燈のさがった廂の低い一膳飯屋で、二人は半端な時刻の飯を喰うことになった。ガラスケースの中から女は眉をややひそめて煮物やら揚物やらを取出し、面倒がる男の分まで揃えた。駅に向かってきて、店の前に差しかかったとき、女がだしぬけに空腹を訴えた。若い頃なら、肉体を意識してもよいとの合図に取れもしただろう。十年前にはそんなことがきっかけであった気も男にはした。しかし同じ訴えでもよほど乾いた口調から、夜のことはいまさらありようのないことを、男はむしろ感じた。

実際に、汚れの染みついた卓に顔を突合わせて物を喰いはじめると、昔ならこれも日常の縛を離れて二人きりの睦みとなったものを、今ではお互いに、お互いの存在しない長い日常があらわになるばかりで、女はそれを隠そうとも気がつかない。男のほうも、日頃家の者の間で、ひとり何事かを思案するふうな、仏頂面を傾けて飯を掻きこむ姿が浮んで、その場違いさをただ緩慢に呆れていた。お子さんが大きくなりかけてますわね、娘さんでしょう、後姿から、あたしにはわかりました、と女は濡れた箸をちょっととめて、黙々と喰う男にたずねるともなく話しかけた。あたしのほうは、家で心配して待っていてくれるのは、今ではまた父親なんですよ、七十を越えましたけど、とつぶやいた。それきり二人ともたずねなくなった。

食べ終えると女は手洗に立った。長いこと待たせて、出てくると、さあ、まいりましょう、と生まじめな顔をした。御馳走になりますわね、と戸口のところでささやいた。労務者風の男たちが酒盛りを始めていた。

駅の切符売場まで来て、どこまで買いますか、と男は振り返り、女がハンドバッグのほかは何も持っていないことを、いまさら訝った。女は三つ四つむこうの、私鉄の交叉する駅まで頼んだ。男は今夜は奈良か、それとも京都まで足を伸ばすか、まだ迷っていたので、とりあえず同じ乗換駅まで自分も買った。東京まででも楽にもどれる時刻だった。

人が多い高架線のホームに立った時にも、男は女に、この近くの在住か、それとも旅の間で何処かに宿を取っているのか、たずねもしなかった。陽は傾いたがまだ熱く漲る光を通して、緑の濃い山を背負い、山もとに沿って横に長く、破風をいくつも並べたような社《やしろ》が見えた。女に出会いさえしなければあれが目当てのはずだったのに、と眺めるうちに電車が入ってきて、列の尻について乗込むとき、女がふと足を止めて、おずおずと車内を見渡した。やはり近在か、と男は思ったが、女はすぐに後に続いて男の脇にかるく身を寄せ、込んだ電車に運ばれる顔になった。

女がためらったとき、男の目にも、車内の顔が揃って異相に映ったのは奇妙だった。女の顔もつかのま、違和感をあらわしながら、そちらの相貌を付けていた。目つきが、やや白眼がかってけわしく、峻厳にさえ見えた。しかし男は窓の外を遠のいていく山と社に気を惹かれた。緑の盛りあがりが、遠くで定かではないが、松の山らしい。ところどころに立つ、赤枯れた色合いの穂が杉だろうか。なるほど杉ばかりの山なら、目じるしにもならない。それにしても松の緑に混じるとまた何と妖しげに、老獣めいて見える木だろうか。

誰を呼ぶ、誰を招く。京の者か、支配者どもか、下界の暮し全体か。何の恨みからか、男か女か、やはり色恋のことか。黙って山に籠り、いかめ房、死人を数えた手も足も洗わず、もはや一身を超えた情欲の恨みを、一身のうちに集めるか。軍《いくさ》の力よりも弁舌の力よりもさらに強い、さらに広い熱狂の呪力を、孤独の内からはるばると俗界へ送るか。墓場でおこない澄ましたあげく、いかめ房、情欲の塊となり果てて、いつか祭壇に穢苦しい背を向け、痩さらばえた股間に恨みを煮つめ、呪を結んだ手をその上に重ねて、ゆらりゆらりと燃える目で、地を遍く覆う情欲の祭司が、格子越しに下界を睨むか。松風に紛れて近づく足音に耳を澄ますか。しかし誰が呼び声に感応する。女の一人も深夜に悶えて寝覚めして、山の方の闇へ聞き耳を立てるか。せめて昏乱に捉えられて偶然の男に身をゆだねるようなことが起るか。

「それでは、お世話になりました。この先もお達者で」

階段を降りて、改札口の近くで、女はハンドバッグを膝にあてて腰を屈めた。我に返って見まわすと、すでに都会の雑踏の真只中だった。乗換えを急ぐ通勤者もすべて都会の顔だった。駅ビル内の惣菜屋からか、揚物の油のにおいが漂っていた。

女は改札口を抜けると、人の流れを斜めに分けて、隅のコインロッカーの前に立った。ハンドバッグの中をしばし探って鍵をあけ、胸ほどの高さの仕切りの内から大きな旅行鞄を半分ほどひっぱり出し、チャックをひらいて中身を整理しはじめた。踵を浮し気味に伸びあがり、あわれに太い腰つきの、不自由な恰好のまま、物を取り出しては納め、癇性らしく整理をつづける、その首すじから背へ、やがて細かい顫えに似た苛立ちが差してきた。横顔がこわばり、目がこめかみへ吊りあがり、ふいに手を止めて宙に浮かせ、途方に暮れた指先を見つめるうちに、目の光が濁って、唇にそっと押しあてた。においを嗅ぐように、唇に訝りを集めていた。そのまま、うつらとしたふうに見えた。

人の流れの中に突っ立って、さむざむとした部屋を男は目に浮べた。お互いに萎えがちな股間を合わせて、ざらつく肌をゆるく重ね、まだひと言もたずねあわず、我身の外のことのように、遠い闇の底を辿って、ためらいがちに近づいてくる情欲に、耳を澄ましている。まちがい、という声が宙に立って、どこかで歯を剝いて笑う顔があった。街の雑踏が床のすぐ上を通り過ぎる。何ひとつふせげぬままに、さしあたりお互いの肌の冷たさを、それだけをいとおしく、庇いあって息をひそめている。

こんなでも、いつか馴染むから厭ですね……。

思わず踵を返したつもりが、陰気な力に引かれて改札口を抜け、足音を立てずにそばに寄り肘を摑むと、指先を唇から離して、同じ硬さの唇のまま、蒼く寝ぶくれた、大きな顔がゆっくりこちらを仰いだ。

亭主はあたしに接吻して出て行って、それきりになりました、首をくったんですよ、とつぶやいて雑踏の中をうろうろと見まわした。

風が吹き寄せて、あたり一面に草がざわめいた。

千人のあいだ

牛蒡はキク科だと人に教えられたことを、なるほどと香りから合点した。精進料理というものはあんがい、濃厚な食物なのかもしれない。この胡麻豆腐の味はどうだ。醍醐味の醍醐とは酪乳、チーズのことだそうだが、まさにその味をなずらえているではないか。高野豆腐は、文字どおり本場物だが。

蕗もキク科だという。慈姑《くわい》の味が懐しい。蓮根は酢の物もいいが煮つけたのが美味《うま》い。かえって香りがまさる。膳に向かって、膳にない物を想うのもわびしい話だが、精進にはたしかに、そうさせるところがある。倹《つま》しさが味覚嗅覚を刺激して、さまざまな旺盛さを想わせる。一方では植物性の、あくまでも鮮烈な、たとえば菊のような香りを、もう一方ではやはり醍醐の濃厚さを。

なにもひと晩ぐらいで肉食に焦《こが》れるわけではないが、それにしても昔の男たちもやはりこうして、精進の膳の前にかしこまり、黙々と喰いながら、やれ雉子だの鴨だの、鯖だの鱸だの鰻だの、想ったものだろうか。猪だの肉叢だの。耐久力ということでは、精進のほうが強いのかもしれない。

　それに、酒にもよく合う。精進揚げに風呂吹きに蒟蒻の田楽。酒がさらさらと、しかも豊醇な香りをふくらませて喉を転がり、腹の内でよく燃焼する。いくらでも呑めて、悪酔の滞《とどこお》りもない。近頃の酒がたいてい甘たるいか悪辛《わるがら》いのは、われらの舌と内臓が肉食に馴れて萎えたせいでもあるまいか。肉食は妄想をさえ浅薄にする、われらの体質ではかえって悪の力を衰弱させる、ということはありはしないか。

　煮豆をつついても、酒は呑めるものだ。女子供の喰い物とばかり思っていたのが、酒がまわるにつれ、一粒ずつ、辛気臭い醍醐の味がしてくる。はては煮豆と古漬けと、交互につまんで、呑んでいた。

「千人講の、お客さんがいま着きましたので、混まんうちにお湯を済まして、お食事にしてください」

　着いて寛《くつろ》ぐ間もなく、暮れ方のまだ五時過ぎに宿坊の人に催促され、浴衣に着替えて、いま来たばかりのながながしい廊下をまたたどったものだ。千人と聞いてたちまち広い宿坊に人の気の満ちるのを感じたが、廊下はまだ静かで、ちょっとひっこんだ大部屋らしい入口に三、四十人ほどのスリッパが脱がれてあった。階段を昇って鉤の手に折れ、みしみしと鳴る古い階段をまた降りて、そのまま本堂のほうへ向かっていることに心細くなりかけた頃、廊下の右手に湯殿の入口が見つかった。湯屋の大きさを思い浮べていたらしく、戸を開けて普通の旅館並みの浴場に、ひとりの客も入っていないのを見たとき、拍子抜けがした。しかし広くはないが並みよりだいぶ底の深い湯槽に肩まで沈み、さすがに高くて暗い窓を見あげるうちに、疲れがひろがり、いかにもはるばると来たように、ぼんやりと、睡たくなった。

三、四十人で千人講とはどういうことだ、と身にかかわりもないことを考えはじめた。年ごとに繰り出してくる、その延べ人数のことか。いささかの縁でも講につながる者たちをすべて数え入れたか。供養すべき死者たち、祖先たちも数の内か。やはり三、四十人で千人の縁を運んでくるわけか。

千人並みというのは醜女のことをいうそうだが、またずいぶん哀しい、物の言い方があるものだ。

融通という考え方は、あれはたしか、十人が十称すればおのおの千の功徳とか、百人の百称は百万遍とか、つまり三乗のはたらきとなるわけだが、しかし、十かける十の百がおのおのにまわされて全部で千、これならわかるけれど、十人が十でおのおのが千で全部で万とは、どこでどう、もう一乗が紛れこむのか。

どうも、てんでわかっていない。十人の十称が各自に融通して全体で千の功徳というのではまだまだ自力の内、人の集まる場にもうひとつはたらく、見えざる力が勘定に入っていないぞ。などといよいよ身にふさわしからぬ問答を一人でかわしながら、いまにも老人たちの一行がどかどかと入ってきて、萎びた裸体と顫える御詠歌とに取り囲まれてしまいそうな、今のうちに出てしまわなくてはみっともない騒ぎになるような、そんな焦りに鈍く苦しめられ、湯の中で膝を抱えこんでいた。そのうちに、廊下から人の近づいた気配もないままに、波も立てぬ湯の中に姿のない姿がひしめいて、遠い道を辿り着いた安堵の息をてんでにつき、そしてそれらの衆生の間から、湯槽の隅のほうがほのかに白く、いつのことだか思出せないが、たしかに身体のつながりのあった女が、こちらを眺めている。

——この人たちの間で、抱けますか、昔は抱いたんですよ。

濡れた手拭いをさげて、ようやく人のぼつぼつ行きかう長い廊下をまた部屋へたどる自身の姿が、湯あがりの疲れもあり腹もすいていたが、いささか亡霊めいて感じられた。風の吹き渡る、行けども行き着けぬような宿の大きさに、そう莫迦でかいというほどでもないのに、しきりに驚いていた。

「女っけがのうて、えろう、すみまへん」

頓狂な物言いをして、老人が飯の鉢を抱え土瓶を提げ、燗の並んだ盆を支えて入ってきた。そのあとから、鼻白んだ笑みを浮べ、若い男が膳を重ねて運んできた。黒いもんぺに、半天を着て、役目を意識してかすこし浮いて振舞っているが、おのずと生まじめな、幼な顔のままきりりと大人びた、昔風の青年の面相をしている。学生か、いずれ寺に縁《ゆかり》の者か。いつだか大峯山で出会った千日回峯の若い行者にも似ている。そう言えばあの青年僧も毎日毎日、日の出とともに往復十何里かの無言の行に立ち、日の暮れ前に寺にもどると、宿坊に客を迎える支度に働くとか。

それよりも私は、いましがた廊下で声がして襖が開いたとたんに、浴衣の膝をすっと揃えた自分自身のうちに、身に覚えもない姿を感じた。目の前で老人と若者が陽気に働いて膳を据えるそのあいだ、かしこまったままでいた。それから膳の前にひとりになり、燗の首をつかんで、よいしょと膝を崩したとき、悪びれたようにしていたな、とつぶやいた。悪びれてなどいやしない。信仰の地、修行の道場の門前へ浮れて出ること、これぞ古来、物見遊山というものだ。にもかかわらず、思わずうらぶれ、しおたれた、まるで施しでも受けている神妙さがたしかにあった。

宿と湯と飯と、それから、道中疲れたろうからとお酒まで頂いて。何たることか、おまけに、罪人の心地までしたものだ。何を犯したためでもない。ただ生まれてあることの罪、といったもっともらしいことでもなく、罪も何も、この身がすでに、死んでしまって、死んだがためにうらぶれて、罪人として接待され、心やさしくも功徳を、善根を施されているという……。

寒さが来りゃあ、風が身にしむわな、しょげるこたない、皆と一緒に、陽気にしなはれ、亡者さんはあれでなかなか剽軽なもんや、と声がして酔いがにわかに五臓を駆けめぐり、たったひとりで賑やかでもなく哀しくもなく、ただもう退屈なばかりだが、天井に剝出しの大梁があらわれ、宿全体にひとつに覆いかぶさり、そのはるか高み、天窓から夜の光のさしこむあたりへ、湯の音、桶の音が冴え冴えと響き昇り、谺してくるような、そんな気がした。

どこかで女が埒もない身上話を泣き語りに語っているようだった。

あかりを消して、寝床の中から耳を澄ますと、山の夜気の降りてくる前に、生温いような感触が顔をつつんだ。女の話し声がまだ細々と、廊下のほうで滴っていた。

女人堂の前を過ぎて、初めて谷へ降りてきた時にも、同じ温《ぬく》みにつつまれたものだ。ケーブルで着いた尾根にはすでに暮れ方の、霧まじりの山の風が吹いていた。まず全山を見渡そうとバスにも乗らずに歩いたが、樹木が繁りあい、谷もまっすぐにはひらけていないようで、眺望は得られなかった。尾根から盆の内へくだれば風がおさまり寒さはゆるむのは道理だ。それにしても、肌ざわりの変になまなましい温みと感じられた。陽さえうっすらと差して、暮れへ傾く時間がしばし足を停めたような、長閑さがあった。杉の林に混って、高野槙の黒い穂も見えた。

八葉の峯に八の谷といわれたらしいが、この山上の台地の、とにかく尾根と谷の入り組みを、登山者の目でとらえることだ、と思ってやって来た。史蹟もあろうが宝物もあろうが、変らぬのはまず地形だ。いや、地形も変ると考えなくてはならない。家屋が立ち並べば、少々の谷は紛れる。坂に車を通そうとすれば、傾斜の反りを盛り土で埋める。尾根はゆるやかに均らされる。

それでも谷は残る。聖《ひじり》たちの棲んでいた、ときにはひしめいていたという、谷々をこの目で、すぐには摑めぬとしたら、あたりの余物を消去するぐらいにして、つかのまでも甦らせなくてはならない。広さを知りたい、高さを知りたい。鉦の一打、高唱の一声が、たちまち隅々まで響き渡ったか。湯屋の賑わいは、尾根から降るように欲したか。隣の谷との隔りはどれほどか。どの程度の、奥まった心地か。地形さえ見て取れれば、あとは何も知れなくても、ひとまず沢山だ。来た甲斐があったと、歩きくたびれた身体に酒でも喰らって、眠ればよい。谷は荒涼とした、夢殿みたいなものだ。夢想と熱狂と、俗界にたいする呪力を、恨みがましく煮つめる器だ。肉体すら凄惨と変質するぐらいのものだ。あるいは谷とはただのはしくれの場所、はぐれ者たちの吹き溜まりの、呼び名だったのかもしれない。いや、谷はそれにしても谷、谷地でなくてはならない、かすかにも谷地であるにちがいない。

そんなことをいまさらまた思いながら、広い坂の下で、すでに途方に暮れていた。人の往来にすれた尨犬が道端にながながと寝そべっている。車が舗装道路を滑らかに降りてきて、角を折れて消えた。あの角のむこうが千手院谷、いま突っ立っているところが五室谷、それぞれ聖たちの集まったという谷だとは地図から見当がつくのだが、杉や槙の尾根も三方に見えるのだが、谷というよりは市街地、立派な門構えの並ぶ寺町の雰囲気と変りがない。

やがて賑やかな四辻の、目抜きに出てしまい、土産物店や飲食店が並び、千手院橋なる停留所はあるが、流れもなければ橋もない。右へ折れるところはたしか小田原谷と呼ばれるところにあたり、昔は聖たちの往来の中心でもあったらしいが、谷とはいえ沢の名残りも見えず、道の左右にまた大きな宿が門を並べて、その背後にそれぞれ尾根がつらなり、谷にはちがいないのだが、尾根は寺の集落と縁もなさそうに遠のいている。

考えてみれば、底に沢筋の跡も失せれば、もはや谷ともいえない。谷とは、水の流れの造化ではないか。その流れが道や家屋の水平の、その下に封じこめられたとすれば、谷はいつの頃からか知らん、底あげされたことになる。尾根を仰ぐ人の目の高さが一間も違えば、棲む心地もおのずと変ってくる。谷底を埋め立てられれば両岸の尾根は分断されて、ひとつの谷にはまとまらず、それぞれ孤立した裏山となり、家並のむこうへ低くしりぞく。それにまた、水と風とを克服してしまった建築物は、谷の展開に順って山襞に寄り添うようには建てられない。人の目に地形を顕わすよりは、むしろ塞ぐかたちで立ちはだかる。地形の流れに添わぬ太い軒を並べて、見あげる目をおのれに引きつけ、谷の深さ、抱き取られてある心地を、奪ってしまう。おまけにバスが通る、車が行きかよう。沢の香りすら漂わぬ。

そんなことをまたぶつくさとつぶやいて、ときどき右手の角から折れこむ小路の、たしかにゆるい上り坂となって消える奥を、せめて枝谷だけでも昔の面影を残してはいないかと、のぞきこみのぞきこみしていた。角のひとつに、今夜の宿りの坊の、矢印つきの看板を目にとめたが、暮れぬまにまだ大事な用を済まさなくてはならぬ顔で、そのまま通り過ぎた。大きな鞄を肩に掛け、片手を荷の尻にまわし、せかせかと急ぐ姿が、陀羅尼助の貼紙などを出した薬屋の硝子戸に映った。足の裏に貼るだけで喘息のおさまるという膏薬の広告もあり、旅の大師の絵がそばに描かれてあった。

このあたりが往生院谷、この先が蓮華谷、いずれも念仏の聖たちで賑わった谷のはずなのに、境もまとまりもない、わずかにすぼまってもいない、ただのっぺら坊に長い寺町ではないかと、初めて来た知りもせぬ土地なのに、その変りようをひきつづき大まじめに歎いていた。

どぎつい朱に塗った寺の前を、これが苅萱《かるかや》かと、父子すれ違いのあらわな愁歎場を思い浮べて通り、不動尊を祀る吹きさらしの堂を過ぎて、行く手に杉の杜がはるばると盛りあがるのを眺めやり、あれが奥の院だろうが、しかし時間は遅いし荷も重いし、と帰りの道を想って立ちつくし、わずかに辿り着けなかったような、ひきつづき何者かに待たれているような、わけのわからぬ無念さに、つかのま洞ろにされた。それからまた気が変り、それにしても聖たちの谷はこれであらかた通り抜けてしまったことになるのか、と憮然とあたりの尾根を見渡し、何に目を惹かれてか、右手のほうの人家の建てこむ小路の中へふらりと入って行った。

すでにあてどもない足取りになり、杉の尾根に目をやりながら、まだ申訳に物を探して、あいまいに行きつ戻りつするうちに、方角がおぼろげになり、かすかな夢心地に入りかけた。我に返ると、日はにわかに暮れ、低い軒の間に立つ自身の姿が黒々と、見も知らぬ大男の影に、そして肩から背へかぶさった鞄が、夕闇の中にふくれあがる怪しげな荷物に見えた。左右から太い尾根が暗く迫り、家並に紛れず、谷をあらわしていた。

さてと、用は明日にして、宿に入るか、と溜息まじりの野太い声を押出したものだ。黄色い裸電球の点った土間の奥から、人がちょっと訝しげにのぞいていた。

踵を返し、夕闇の淀みはじめた表通りを、また用ありげに、すたすたと歩き出した。両側に並ぶ宿坊の棟が見あげるからに巨大で、薄い燈を軒下に洩して静まり、そのすぐうしろから尾根の頭がぬっと見おろしていた。ひと足ごとに荷が重く、背中でふくれあがっていく気がして、両手をうしろにまわし、背負いこむかたちになり、うんうんと低く呻いて進んだ。ときおり道に沿って風が走り、山の冷気が首すじを撫ぜたが、風が止むと、また生温い、人が無数にひそんでいる感触が頬のまわりに淀んだ。背後から、はるかな闇に追い立てられる足取りになっていた。

やがて見覚えのある角から小路へ折れて、家並を抜け、杉の林ぞいに、前方に黒くわだかまる尾根に向かって、坂道をゆっくりと、膝のつらさをこらえて登っていた。片側の杉の木立ちの間から足もとに、民家の燈の集まりがくっきりと、谷の窪みに抱き取られているのが見おろせた。

それから林の中に聳え立つ二層の塔の、壁の白さを訝りながら山門をくぐり、寺の構えにたじろいだが、ここまで来て俄に山の闇の濃さに鼻を塞がれるような息苦しさを覚えて、本堂の玄関の脇の、人の居る明るさのほうへ、おずおずと惹き寄せられた。

そして湯をもらい、酒をもらい、面目なげに酔って膳の前へ背をまるめこみ、沢庵の残りで茶漬をぼそぼそと掻きこんで、馴れぬ寝床の中に小さく横になった。

死んだふりじゃないか、と眠りかけて私はつぶやいた。笑止千万な夜道怪《やどうかい》が、と床の中から笑い出した。声には出さなかったつもりが、陰気な喉の顫えが部屋の内にひろがり、廊下まで洩れたようで、遠くで女の声がぱったり止み、しばらく耳を澄ますようにしてからまたしみじみと、心地良げに愁歎に粘りついて流れた。私は床の中から這い出し、胡散臭い恰好で暗がりの底を手さぐりにさぐり、自分の鞄をうしろめたげにあけて、外の薄あかりを頼りに、着替えなどの乱れた内をのぞきこみ、白い包みのあるのを確め、ウイスキーの瓶を取り出すと二口三口、口呑みにあおった。そのまま暗がりの中に坐りこみ、生酔のかったるさが固く締まるまで待って床にもどり、また廊下のほうへ耳をあずけ、育っていればもう二十歳やね、とふくらむ声の色に、ああ、最後にもう一度泣いているな、と思って眠った。

何度かむっくり起きあがる夢を見て、目を覚ましかけては眠った。強い雨がひとしきり走ったようだった。それから静かになり、むっくりとまた床から起きあがり、今度は夢は続いて、鞄の中から物を懐に入れて寝巻のまま長い廊下を抜けた。

枯れかけた萱が風に靡く、広い谷原を歩いていた。見渡すかぎり人家はなく、空も山も時雨もよいのはずなのに、濡れた穂波が白っぽい明るさをふくんで、草の根もとを分けて細々と続く人の跡を、ほのかに浮びあがらせた。行く道に遠く近く添って草の底から、時には尾根から降りかかり、澄んだ沢の音が聞えた。尻を端折《はしょ》って早足で進み、やがて草履も脱いで帯に挟み、とめどもない小走りになった。風呂敷につつんだ、子供の枕ほどの大きさの荷を、背にくくりつけていた。思ったとおり、行くほどに、嵩よりも重くなってきた。

いっときも急がなくては谷の気が変って、人が寄ってくる、と案じていた。萱原を抜けて杉の杜の陰へ紛れこめばこちらのものだ、と焦るほどには足が飛ばない。穂波が刻々白さを増していくようなのも気がかりだった。と、背後で一声、かあんと鉦の音が立って、思わず足が止まった。そろそろと振り返ると乞食法師がひとり、萱原の中に大胡坐をかいて目をつぶり、膝の上へいかつく鉦を構えていた。こちらの立ち止まったのを感じて、そっと笑ったようだった。

――いかめ房がまたしても、こんなところに先回りしおって。しかしたまには、こちらにはこちらの用がある、後姿を見送らせてやれ。もどって来るまで、そこで鉦を叩いていろ。

と歯ぎしりして目をそむけ、足をまた速めかけたとき、その足もとからすっと、濃い影が横へ流れて、草の波が一面に蒼く光り、反対の方角を仰ぐと、尾根の杉の穂に満月が掛かり、背後でまた一声、甲高い音が起ると同時に、ついと穂先を離れて宙に浮んだ。萱原を見渡すと、いくつもの枝谷を合わせてゆるやかな窪みをあらわし、その中ほどを分けてひとすじ、ねっとりと滑らかな光を宿して沢が音もなく走り、流れを挟んであちこちに、山の斜面のうねりにそれぞれ寄り添って、無数の粗末な掛小屋が見えた。

人はまだ起き出していなかったが、鉦はゆっくりと間をおいて冴え冴えと鳴り、谷に響き渡り、それにつれて月も中天へ押出した。

――いい加減にしろ、いかめ房。堂に籠って、首尾は悪かったか、誰もやって来なかったのか。それで鉦を叩いてまた軍勢を集める気か。亡霊の軍勢を。それもいいだろうが、しかし待ってくれ。用を済ませば俺も加わるから、もう半時、頼む。

哀願するつもりが私はつかつかと寄り、男の手から鉦を引ったくり、意外にたやすくこちらの手に入ってきたのを、勢いあまって空へ投げあげると、鉦は宙へ高くあがり、尻を面白げに振って峯から峯へ飛びまわり、中天にもどってはひとりでにかあんかあんと伸びやかに鳴るたびに、月はいよいよ光を増した。呆れて振り返ると男はいつのまにか立ちあがり、太い腕をひょいと頭の上へかざし、傷跡の見える猪首をゆらりゆらりと振り、眉をしかめてうっとりと舞っていたが、やがて鉦が杉の杜の上へ遠ざかり、宙に長い反りを打って滑りもどり、踊る手の内にすっぽりとおさまると、一変していかめしげに坐りなおし、目を半眼につぶり、静々と叩きつづけた。谷々から山の音のように、無数の男たちの、やはりゆるやかに唱和する声が、すこしずつ近づいてきた。

——なあ、いかめ房よ、どうせ幽霊どもを集めるなら、こんな陰気臭いことではなくて、もっと派手な、面白い躁ぎをやろうじゃないか。大道に繰り出して見物人も集めて、金を稼ごうや。掻き集めて、また撒きちらせば、回り回って人の為だ。俺が勧進の口上をやるからさ、ひとつだけ気にかかることを振っ切ってくるまで、な、もうしばらく静かにしてやってくれ。

そのとたんに鉦の連打が急になり、谷々の声も一斉に甲高く巻きあがり、月の空から恍惚のような恐怖のような匂いが降りてきて、草の穂が蒼くゆらめき、なあ、聞き分けがない、心にかかる死者《ほとけ》のためなんだ、頼むよ、いかめ房、とまた口説きかかると、露の照る萱原にたった一人、泣き濡れた女が、赤く肌けた乳房をふるわせて、一心不乱に鉦を叩きまくっていた。

朝のお勤めが本堂で始まりますとの放送に時計をのぞきこむと、まだ六時過ぎだった。酔いのかすかに残る頭を枕にもどして、また目をつぶったが、どうやら寝足りたようなので、私は起きあがった。着替えを済ませて寒い厠《かわや》をつかい、蛇口のずらりと並ぶ長い流しの前で、沢の香する水で顔を何度も洗い、酔いの粘りが消えるまで、長いこと口を漱いだ。最後に自分のにおいを嗅ぐようにした。雨が槙の木立に煙っていた。長い廊下を渡って玄関の内を横切り、大座敷の前の縁を伝って、庭のむこうに立つ姿の良い多宝塔を眺めて本堂の内に入ると、何人もの僧による読経はすでにたけなわで、昨夜の千人講か、四、五十人の男女が外陣にぎっしり詰まっていた。入口に近い隅に私は正坐した。

足の痺れも感じなくなった頃に、かすかに饐《す》えた、また枯れたような、独特なにおいを私はくりかえし嗅いだ。まず自分自身の、宿酔のにおいかと思った。それから、集まった老人たちの、老いのにおいかとも考えた。妙なことに、内陣で焚く香のにおいであるような気もした。そのうちに、まわりの講中が老人というほどの年でなく、五十代からせいぜい六十過ぎの見当であることに、気がついた。女の内には四十代と見えるのもいる。おおまかに摑めば、こちらと同年配と言ってもいいぐらいなものだ、とひそかに舌を巻いて、また同じにおいを感じた。

順ぐりの焼香は遠慮したが、講中の尻について、こわばった足を引きずって内陣のまわりを巡り、隣室の愛染明王まで拝まされて、また本堂にもどると、おんぎやろ何々の唱和が始まっていた。ここで出て行くのも気がひけて私は隅のほうに坐りなおし、目をつぶれば声に加わるのに近くなるとおそれたが、所在なくてやはり目をつぶった。内に入れば、ずいぶんゆるやかなものなのだな、と聞くうちに、南無大師の唱和に変り、女たちの声が急に耳についた。妙に可憐な、少女のたどたどしさがある。薄目をあけて、五十六十年配の背を眺めたが、また目をつぶると、遍照金剛と調子のあがるたびに、やはり細い喉があどけないようにしぼられた。

雨の中を奥の院へ登る道で、宿酔の残りが頭をもたげた。老杉の陰をあちこち占める墓所の五輪塔の、水輪のふくらみが目にずっしりとこたえた。濡れた苔がなまなましかった。昨夜はこの墓地の山もとで、なにやら、ずいぶん躁いだ心地がした。川岸に並ぶ地蔵の身体に、傘をさしかけ柄杓《ひしゃく》で水をざぶざぶと掛けて拝む老婆の姿を、自分も肌着の下で汗にしっとり濡れて、眺めやっていた。あれはできないな、と思った。白々と流れを堰く卒塔婆の列から、目をそむけぎみに、橋を渡った。

石段を昇りつめ、深い廂の下から敷居を一歩またいで、生温い薄暗さにつつまれ、広い床から壁から天井へ、一面に赤い燈がほのかに揺れるのを見渡して、そっと息を呑んだ。おびただしい献燈だった。

——頼まれたものを納めたら、山を降りて、明日は早くに船で四国へ渡るか、木の間の霧が透けてきたから、おっつけ晴れになるだろう。
内懐を探り、まさか勝手に置いてくるわけにもいかず、受付を探した。

海を渡り

海は西にあった。沖のなかほどからほのぼのと明けはなたれ、空には紫がかった靄が立ちこめ、水も同じ紫灰色を流して凪いでいた。岸に近いほうの海面のところどころに細かい波立ちが盛んに起って、小魚の腹の鈍い光が宙へ躍り、鷗の群れが低く飛びかった。人の動きはまだまばらで、閑散とした岸壁沿いの道を、しばらくして仕事支度の老婆がひとり、まだ睡たげな足取りで近づき、山裾に寄せて建てられた宿の、海側からは四、五階にあたる窓のすぐ下まで来て、こちらへ背を向けて沖を眺めやっていたかと思うと、やおらモンペのうしろをおろして中腰に屈んだ。思いのほか豊満な白い尻が、海から漂う柔かな光を集めて、朝の花のようにふっくら咲《ひら》いた。

目をそむけて私は寝床にもどった。こちら岸の寺をもう一箇所参って朝一番の連絡船に乗込むには、飯や出支度や途中の余裕《ゆとり》を見ても、まだ一時間たっぷりは床の中でぐずついていられる。高野から紀ノ川をくだって、和歌浦に泊まり、四国へ渡ろうとしていた。むこう岸では吉野川をのぼる予定だった。二つの谷が海を間に挟んで、ほぼ一直線につながっている。たがいに向かいあって、同じ海へ口をひらき、それぞれ山地へ切れこんでいく。鋭い鞘のかたちに、すぼまっていく。

老人の姿が目につく旅となった。高野の山上で出会った団体は、いずれもかなりの高齢の女たちで、髪は白く背は縮まり、巡礼の装束をさせられて杖をつき、バスの長旅の疲れもあるか、身のこなしが取りとめがなく、案内の男たちの幼児に話しかけるような大声に先を促されて、聞いているやらいないやら至って静かに、目は内へこもりがちに、しかし全体としてなにかほんのりと歩いていた。

山を降りて紀ノ川を溯り、途中寄った根来の寺では、懐の深い寛《ゆる》やかな谷あいの、山々のすでに色づきかけたその中に、暮れかかる秋の日を浴びて、門前の桜並木がちらほらと、一分ほどに咲いていた。赤い日に照り映えもせず、寒風に顫えながら、あれにもほんのりとした、取りとめもない華やぎがあった。桜色だった。春よりも妖しい色だった。

母親を憎んだ者だけが人生の悪を知る、とか聞いた。私の母親は、まず辛抱一方の女だった。そうとばかり息子が決められるものでもあるまいが、とにかく最期は、人の情に訴えず絡まず、ひとりでこらえにこらえた末に、ふっつりと断えた。骨と皮に細っていった二カ月の闘病の間も、呼吸困難に陥ったまる一日の間も、死ぬ恨みはひと言も洩さなかった。知ってもいたようであり、意識もぎりぎりまで濁ってはいなかった。家の者はおかげで助かったがしかし、あれ程の辛抱というのも、思えば陰惨なものだ。

高い石段を昇って、血の気のまだ足りぬ肌にやや冷い汗を掻き、観音堂の前から海方を見渡すと、靄はすっかりあがって空は青かったが、日は山方でまだ翳っているらしく、海に輝きはなかった。薄皮を剝いだばかりの、精気の淡い朝だった。埠頭までと拾った車は海岸通りを走った末に山側へ切れ、高架を行く電鉄の駅前に停まった。たずねると、この駅の改札口から橋が船まで続いているという。

なるほど長い管のような連絡橋を、端まで行きつくと、乗船時刻にはまだ間があり、渡し場特有の荒涼とした雰囲気の中で、進みかけた時間がまた淀んで、物見遊山なのにしきりに所在なく、死んだ母親のことをまた思いはじめた。二七日を過ぎると父親が、家に遺骨のあることに苦しみはじめた。何も言わぬが寝覚めがちで憔悴がやや目につくという。連絡を受けて私は親の家に行き、父親と一緒に骨を携えて市営墓地を訪れた。石屋の軒を並べる正門前近くの、宗派を問わぬという小さな寺を教えられてそこでもう一度供養してもらい、事務所で何がしかの金を払って納骨堂におさめた。コンクリート壁の、正面扉の前に雑多に立てかけられた卒塔婆の端に、私たちも一柱を加えた。永代供養という。それが春の初めのことで、秋も終りになってようやく、富士の山麓にある莫迦でかい分譲墓地に、ひと坪ほどの区画を購った。何もかもが引越しに似て、納骨を済ませて帰る車の中では、折しも小春日和の午後で、やれ、これで片づいたか、と安堵にひたっていた。晴れが続けば雨を忘れるというぐらいのたわいなさだった。

まあ、まだお若いのに、と寺の主婦が行年を見てお愛想を言ったものだ。六十二歳だった。いまどきという意味だとはわかったが、私は眉をひそめた。女の死の、像がつかのま粘りついた。回診の時に目をそむけさせられた、萎びはてて長く垂れた乳房の、それでも失せぬ蒼白さを想った。女親という言葉があったな、と一人でつぶやいた。

眉をひそめて船に乗込んだ。甲板にあがると空は晴れあがり、海は輝きわたり、通い馴れた地元の客の顔にも出港の賑わいが見え、心はたちまち燥ぎかけたが、眉は暗い体感をかるく塞いで、ひそめたままでいた。海の光を眩しがるのとも紛らわしい顔つきだった。船が沖へ進むにつれ、岸が退きながらすぼまり、平野から山地へ、谷の切れこむかたちを最後にくっきりあらわしはしないか、通り抜けてきた時間がひとつの眺望に摑めぬものか、と目をさらに細めて見まもったが、ややまとまりかけた地形は、凝縮の中心を得ぬうちにまた散漫となり、対岸の山並みとなって閉じた。眉をゆるめて沖合いへ目を移すと、海楼のような、大型タンカーの影が浮んだ。若い船員の妻は、船が沖に停泊すると、自分のほうから海を渡って出向くとか聞いた。部屋を与えられ、二夜か三夜、夫と寝てくる。女の肉体を運んで、小艇は波の上をまっしぐらに飛ぶ。船底から突きあげるうねりを、女は膝の上の荷物を抱えてこらえている。この時になって物を恨む、けわしく思いつめた目をうつむけている。

お節介な想像のおかげで、朝方から滞りがちの血の巡りがようやく解《ほぐ》れはじめた。喉の渇きを思出し、ビールを買ってきてひと息に半分ほどまであおると、左舷の沖から小さな漁船の群れが、一斉に斜めに降るように近づいてきて、ああ、木の舟だ、とこちらも手繰り寄せられる心地で眺めやるうちに、鼻先を吹く潮風の中にふっと、女の髪のにおいがふくらんで、はてとにわかに酔いが回ってきた。船室に降りて床《ゆか》に横になり、もう一歩も先へ進めぬ衰弱感さえ降りてきて目をつぶり、海底にくっきりと続く谷を浮べて、そちらへ耳を澄ますようにして眠りこんだ。

どうか、帰らないでくれ……らないでおくれ、と涙まじりに口説く声を夢の中へ聞き捨てて、船室に目をひらくと、客たちは荷物をまとめて動きはじめていた。その足を枕の上から眺めながら夢をたどり返したが、声が立っただけで像も持続もない。一人二人の声とも、大勢の声とも聞えた。自分の声もその中に混っていた、そんな気もしないではなかった。昇降口の混雑を避けて甲板にあがると、日は中天にかかって海はいよいよ輝きわたり、四国の山が近づいていた。船の進入する正面の方角にはっきりと、山々が両側から襞を幾重にもたたんで、谷がはるばるとすぼまっていく。その奥に秀《ひい》でた峯がのぞき、その上空あたりにようやく黒雲がわずかながら蟠っていた。白日の下で、総じて山々は暗く感じられた。たしかに光を吸収して陰気に静まって見えた。

大きな肩掛鞄を仔細らしく片手で腰に押しつけ、惰性で埠頭を歩いて、鉄道の改札口の手前で思いついて弁当をもとめ、ついでに何となく、土産物の竹輪も買った。いかにも魚の擂《す》り身《み》のにおいのしそうな、黒くて粗い肌目に気を惹かれたらしい。しかしこんな生臭を買って、今日明日のうちに家に帰るつもりなのか。

自分で首をひねり、客のいくらも乗っていない列車に近づいた。土産をさげて、どこぞに詫びでも入れに行く心地がしたものだ。

谷あいの駅で終着になり、連絡橋から乗換えのホームへ降りかけたとき、にわかに一人きりになった。前を歩いていた若い娘たちの一行はまっすぐに橋を渡って行った。閑散としたホームを、先のほうで待つディーゼルに向かって足を運びながら、そちらを眺めやると、揃って改札口を出て行くところだった。どこかの観光地の、最寄りの駅であるらしい。それにしても、消える娘たちの背を追ってつかのま、宙に迷わされたような、足掻《あが》きの感じが起ったのは奇怪だった。学生時代のあやまちの子ならば丁度という年頃である。

髪のにおいだな、と誰もいない車輛の中に腰を落着けた時に気がついた。それにつつまれていた。それが、いましがた落ちた。

港駅を出て次の都市の駅から賑やかに乗込んできて隣のボックスを占領された時には、谷に入るまでは本を読んで行こうと思っていたところだったので迷惑した。しかたなしに弁当にすることにして茶がわりに買いおいた缶ビールを飲みはじめた。船中の酔いがまだ芯に残っているところへ、陽に炙《あぶ》られてまた渇いたせいか、酒の回りが盛んで、耳の奥が鬱血して、女の子たちのお喋りも遠く、苦にならなくなった。やがて土産物の包みを破いて、無骨な竹にまた太く練りつけた黒い擂り身にかぶりついた。もそりもそりと、三本まで喰った。なにかしきりと泣いている心地がした。しばらく眠って目を覚ますと、谷はすでにすぼまっていた。といってもまだよほど闊達で、流れはひろく、岸に沿って林が繁り、そのむこうは山もとまで、河岸段丘か、平らかな台地がひらけている。山もゆるやかで、集落が中腹あたりまで這いあがっている。かりに平野との往来がなくてもけっこう豊かに暮せそうな土地と見えた。尾根の上へ雲がかなり押出していたが、陽ざしはひきつづき強く、雲を徹して、山腹を照らしていた。ああいうところに長年住まえば生きてある感覚がおそらくもっと、高い低いの、上《かみ》と下《しも》との方向に発達するのだろう。すくなくとも耳の澄まし方からして違ってくるはずだ。とそんなことを思いやりかけて目がふと車窓を離れ、隣のボックスを見ると、女の子たちは黙りこみ、四人して顔を見かわすようにして、一人が白い和櫛を手に、髪を額からすっとうしろへ梳いた。そして隣に手渡した。

受け取った子はやはり黙って、ちょっとつらそうな感じを眉にあらわし、そっとひと梳き、髪に滑らせて次へ送った。三人目も同様にした。よくよく慎しむべき物を扱う静かさすら感じられ、四人目の子は櫛をさらに浅く入れ、ほかの三人よりも長い髪の、末までゆっくりと抜いて、手にしたのをそのまま、肩越しに、うしろへ差し出すと、別の手が伸びて、そちらの席にもいた仲間がひょいと受け取り、一同たちまちまた賑やかな、櫛の品評が始まった。旅の土産物らしく、女たちが装身具の類を試す時の、しばしの静まりかえりにすぎなかったが……。

しかし髪のにおいは残った。つつまれて、安堵していた。いましがたはたしかに、逃げて行くのを切なく追うようにした。数えるほどの客しかいないとはいえ、乗換えた車内がいかにも空虚に感じられた。

あんなものに惹かれるほどに心身が弱ったか。それほど影が薄くなっているようでは、鉄道の路線からはずれたら、行きつくところにも行きつけぬ。若い娘たちの髪にたいし、あれは劣情などという太いものではなくて、草臥《くたび》れた亡霊が、においのようやく届く距離からおずおずと、行く道がわからぬばっかりに、つきまとうようなものだ。しかし列車が走り出したとき、弁当をまだ済ましていなかったことを思出した。

喰い終えた時には山中に入っていた。どこにも抜けられそうにもない狭い枝谷に迷いこんで、列車はすでに冬枯れの始まった殺風景な柴山の間を登っていた。これでも特急で走ればたぶん本線らしい、いささかの佳景として窓に映るのが時間というものの詐術である。スイッチバックのところで時間はすっかり淀み、枯柴に風が渡って、汚れた白髪の沢が谷を滑り、やがて列車は思出したように走り出して隧道に入ると、なかなか出なくなった。

煤と錆と黴のにおいと、地底の冷気が吹きつけてきた。甘い腐敗臭もふくまれていた。気息奄々と這い登っていたのが、やがて闇の中を気楽に下りはじめたのが音から聞き分けられた。それからがまた長くて、もう抜けるだろうと思って窓を閉めずにいたので、肌が冷えてきた。ようやく光の中に出てしばらく尾根に沿って走り平地に降りて来た時にも、陽ざしは山のむこうより一段と強くて夏めいていたが、肌の芯に寒気が残った。小さな山があちこちにぽかりぽかりといきなり盛りあがる平たい土地だった。

琴平の駅でまた長いこと待たされた。海にも舟にも縁のなさそうな、ただずんぐりとした山と見えた。列車が動き出した時には、なにやら旅の興もぼけた気がして、このまま高松あたりまで出て街で酒を呑んで仕舞いにするかと考えたが、善通寺まで来ると腰をしぶしぶあげた。

駅前で車を拾って寺まで行き、すぐにもどるからと車を門前に待たせて、都会の下町にあるような境内を、五重塔を見あげてふらつき、善男善女の垢の染みついた大師堂ものぞき、最後に老いも老いた大楠の、曲がりくねる太幹を眺めるうちに、膝がおのずと折れてしゃがみこんだ。隧道の中で取り憑いた寒気が、かすかな発熱のだるさを帯びていた。しかし陽はまだ高い。海を渡ってはるばると来たのに、今日はまたいつまでも暮れない、と歎くような心地になった。車にもどると運転手に頼んだ。

「弥谷《いやだに》、というところへ、これから行ければ、やってください」

訝られはしなかった。今日はお天気なのでお参りの客を何組か運んだ、お遍路のバスも入っているようだという。あらためて空を見あげると雲ひとつなく晴れ渡っている。車は市街地を抜けて刈入れ前の田の間を走り、両側に山が盛りあがった。その左手の山について運転手は松の古木があってどうのこうのと来歴らしいことを話していた。で、弥谷山というのは、とたずねると、右手の山をちらりと仰いで、尾根の右端にあたる峯の、採石の跡の白く崩れたあたりを、あれが天霧山といって戦国時代の山城のあった所で、あそこから尾根づたいにその昔の馬道の路のあるのを、子供の頃に見た、とそんなことを話しはじめた。平地から稜線もすっきりと盛りあがった山で、深い谷を抱きこんでいるようにも見えない。あまり熱心にたずねて、もしも、どなたか御縁のある仏さんでもおありですか、などと訊かれても困るので、黙ってまかせておいた。お遍路をする柄でもない。死者の集まる山と聞いて来ましたとも、まさか言えはしない。自分でも、かならず寄るつもりでもなかったのだから……。

だいぶ走って右手の尾根もそろそろ尽きかける頃になり、この先を入ったところです、と運転手はようやく教えて、車は舗装道路をはずれて山道に入り、山裾をひとつ回りこんだとたんに、正面にずんぐりと、鈍重な山が迫まった。たしかに今までと尾根つづきで、丸い頭はさっきから見えてもいたのに、ここまで来ると一変して、荒い樹相のせいか陰気な姿をあらわした。たしかに奥深い谷を懐に抱えこんでいる。車はやがて樹林の間に分け入って、この道はもう枝がさわるのでバスでは入れないのですよ、と運転手は言ったが、しばらくして速度を急に落して、おかしいな、とつぶやいた。すこし奥の林の陰に派手な色の観光バスの図体が見えて、そのまわりを白装束の老婆たちが杖をつき、疲れはてた腰つきで、ゆるゆると取りとめもなく歩きまわっていた。思いのほか甲高い話し声も、木の間を渡ってきた。それではここが参道の入口かと降り仕度をはじめると、運転手は首をかしげたままハンドルを左へきり、両側から繁りかかる草を分けて、つづら折れの急坂をぐいぐいと登りはじめた。これから賽の河原を通って歩いて登っては、谷は暮れてしまうという。

季節によっては人を泊めることもあるらしい古家の前で、停まった車から降りてそそくさと歩き出したとたんに、運転手に呼び止められて、大きな荷を肩にかけたままでいることに気がついた。急坂にかかった時から後生大事そうに膝の上に抱えこんでいた。

納める物があるのですか、と運転手はたずねた。わたしのところでも、納骨しているようですよ、としばらくしてつぶやいた。苦笑して頭を振り、鞄を座席に放りこむと、日が暮れかけて人もいなくて淋しいだろうから高いところから先に参ったほうがいい、と忠告された。

突き立った岩場の寺だった。本堂にあたる大師堂は広い岩窟の内へはめこまれて建っていた。その入口脇の白壁に、松葉杖やら石膏のギブスやら鉄のギブスやら、背骨を支えるコルセットやら、それにどういう事情なのか、義足までが納められ立てかけられてあった。谷からは長い急な鉄の階段がまっすぐに登ってくる。その脇に立って見渡すと、谷は深くて鬱蒼と樹林に覆われ、その向う岸の中腹から尾根へ一面に繁る赤松の、それぞれにやや傾く細長い幹が夕日を浴びて、荒くけうとく、蹌踉《よろぼ》う群れを思わせた。壁の奉納物も同じ夕陽を、あかあかと浴びていた。

刻まれた石段を登りはじめると荷物も杖もない身が妙に不安定に感じられた。岩場といっても樹木がしぶとく根づいて剝き出しではないが、岩ひとつ木の根ひとつにもおのずと高度感はこもっている。それでいて空気は湿っぽくて、ひとしきり登って立ちどまるごとに肌に粘りついてくる。さほどの労苦でもないのに、登るほどに身の病いを、生きてあることがすでに病いであることを思わせる。岩に寄せられて建て掛けられた小さな堂の前まで来てのぞきこむと、内はそのままかなり広い洞穴になっていて、それにしては小さな粗末な像が、何の仏だか正面の奥にぽつんとまつられ、岩の床一面に経木やら衣裳やら食物やら、ほかにも元の形もわからぬ雑多な供え物がむやみと投げこまれ、岩から滴る水にふやけて腐るままに置かれていた。

またしばらく行くと今度は岩の中にすっぽりと石祠がはめこまれ、石塔がいくつも並び、さらにその脇に岩の下が深くえぐられて、洞窟の天井から水が滴るのが見えた。奥に岩清水が湛えられているものと思ってのぞきこむと、内はやはり岩床も見えぬまでに経木が無数に積み重ねられ、墨の文字もすっかり滲んで、まるで弁当の折の屑の山、下から水腐れして臭《にお》うようだった。

　来世を願う心は、清浄を求めぬものなのか。水に腐れ行く経木の山も穢土《えど》のうち、という意か。なぜなまなましい供え物をして、ことさら腐臭を漂わす。それとも、この陰惨さをこそ祭るのか。死をのぞいて、身代りをあずけて、うしろも見ずに帰ってくるのか。それぐらいならばなぜ、いっそ空無を願わない。

　そんなことをつぶやいて、眉をひそめながら、気がついてみると背がおのずとまるまり、膝は折れぎみに、病いか老いを運ぶその足取りが小刻みな石段とちょうど調子が合って、不安定だった腰がかえって落着いた。肉体は肉体で、こういう陰惨の気に触れると、勝手な反応をするものらしい。けっこう心地よくしている。

　途中、湿っぽい岩壁の下の、小さな石塔の間にしゃがみこんで、ざらざらと肌目の荒い岩面に並べて浮彫りにされた五輪塔をつくづく眺めた。どうかすると、人が両手両足をひらいて立つ、土偶の形に見えた。ひろげた股座《またぐら》の下にあたるところに、ぽっかりと丸い穴があいている。岩壁をやや窪ませて、そこに石板の仏像をはめこんだのもあり、よく眺めると、それぞれが蓋となっていて、うしろにやはり穴が穿たれていた。どちらの穴にも小石が納められていた。何か別な物も納められているようにも見えたがはっきり確められなかった。人の髪、ではないようだった。

そのほかに岩壁のあちこちに剔き出しの穴があいていて、蓋のあった跡の見えるのもあり、初めから露出していたらしいのもあり、暗い口を洞ろにひらいて下へやや深く穿たれ内をうかがえぬのもあったが、多くは小石がぎっしり、口から溢れ出さんばかりに詰めこまれていた。その熱心さが、物狂おしいように感じられた。

昔は骨の一部を納めたとも聞いたが、骨にせよ髪にせよ石にせよ、親しい肉体の一部なり形代《かたしろ》なり、あるいは我身の一時の分身を、この湿っぽい岩壁の穴の中へ押しこんで帰る、その山を遠くに眺めて暮す心地は、どんなものか。多少は生死のことを済ませたような、安心は得られるものか。地に転がる石を手に取ってみまではしたが、さすがに、壁に近づける気にもなれなかった。石はひょいと投げ棄てて、腰を伸ばし、壁の高いところに彫られた三尊像を見あげた。目鼻も崩れかけていた。谷を見おろすかたちになっているな、と思った。

行き詰まりの堂まで登り着いた時には、陽はまだ谷を抱く尾根に盛んに差していたが、もはやここで時間を費やしすぎたと感じた。さっきからあたりに人の気配もない。今日の最後の客となったらしいが、しかし自分の来る場所ではなかった。ここに納める物もない。

それにしても肉体にこだわる、とふと自身のこととともなしに歎いた。人が死んで、人を葬ったあとも、まだその肉体に、疎みながら泥《なず》む、泥みながら疎む。死者の霊の集まる境と称しながら、あくまでも肉体の、死者と我身の肉体の朽ちて行く時間を呼吸しに来る。陰惨の気にいささか馴染んで、死者の霊をあらためて山にあずけ、積もったこだわりを洗って帰り、暮しの中では相変らず、死者を肉体として想っている……。

降りかけた石段の前から振り向くと、色とりどりの供え物を納めてぽつんと静まりかえる堂の背後にも、岩壁がそそり立っていた。あるいは谷から仰いで、ここが最も秀でて目に立つ岩場なのかもしれない、巨大な仏の顔のように、と思った。死者たちの居場所があったとすれば、やはりあの深い谷よりほかにない。あの赤松の林の下よりほかに。

見あげながらしきりに眉間をつまんでいるのを自分で訝って、あらためて撫ぜてみると、さきほど岩壁の下にしゃがみこんでいるうちに、藪蚊にそんなところを刺されて気づかずにいたのか、ふっくらと円く腫れていた。

平地に降りて来た時には、山は沈みかける陽の中で蒼く煙っていた。こうしてみると両裾の豊かな、なかなか姿の良い山ではないか、と車の中から振り返り振り返り、眉間をまたひっきりなしにつまんでいた。掻くとよくない気がした。

夜の繁華街を歩きまわる間も、いかにも気がかりそうに手をやっていた。初めよりもまた腫れあがり、人目に立つほどでもないが、そこを中心に顔面が微熱を帯びているように感じられた。味の良い鮨屋をたまたま当てて、昨日も海辺の泊まりだったのに、山から降りてきた男が、瀬戸内のいかにもおおような育ちの魚を一心に喰らっていた。

翌朝、屋島の上に立った時には、眉間の腫れは引いていたが、眠っているあいだにだいぶ搔いたようで、漿液をうっすらと滲ませていくらか疼いた。海を眺めて、陸のほうへ目を返すと、こちらも午前の光に輝いて、海とあまり変りなく、平べったい土地に、島と同じあんばいに山を点々と、ぽかりぽかりと盛りあがらせていた。遠くに、すでに見馴れた稜線が蒼く幽かに見分けられた。ここまで離れれば霊の棲む山とも眺められるが、とまた眉間を、汚い手でつまんでいた。

海上からもはるか遠くに、すでに西の水平線に溺れかけて、それらしい山の影が見分けられた。あれだけ平闊にも感じられた四国の島が、船がいくらか遠ざかると、たちまち全土が峻嶮な山地のごとくに見えた。それにひきかえ海はあまりにも穏やかに凪いで、正午の陽ざしが睡く降りていた。その青い輝きの中に、ふいに合戦の、赤い血の波紋を浮べて見た。女の絶叫がひと声あがった。

──おい、こういう長閑な光の中での修羅とは、どんなものだろう。

思わず問いかける気持で振り返ると、うしろに大男が立っていて、海を見つめてかっと目を剝き、何事かと怯えたら、塵にでも飛びこまれたらしく、太い指の腹で瞼の下を押しさげた。赤んべえが、涙を流していた。

静こころなく

鞍馬から牛若丸が参りまして、その名を九郎判官、とこれは落語のほうに出てくる、菜《な》はもう頂きましてございませんというこころのおかしな勿体《もったい》であるが、鞍馬から客人が来た、という言葉そのものはやはり、言われた者の内に、かすかには戦慄のごときを喚び起すものだろうか。

暗部、くらぶ山というのも、どこの山だろうか。梅の花にほふ春べは闇に越ゆれどしるくぞありけりという、月のひかりしあかければ越えぬべらなりという、秋の月夜に明るいのはあれは峯の紅葉やいとど照るらむと眺めやる、妹がりといはば夜も越えなむと思いを燃やす、くらぶの山の谷の埋れ木と身をなずらえて歎く、くらぶ山麓の野べの女郎花とめでる、くらぶ山木の下かげの岩躑躅　ただこれのみやひかりなるらむという——いずれこの山とはかぎるまい、山城だ近江だと決めることもあるまい、あちこちにある樹木鬱蒼として暗い山、夜は山の暗いのは当り前だから、とくに暗いと人に想われている山、異域への道すじにあたり、往きなら夜の明けるか明けぬかに、帰りなら日の暮れに間に合うか合わぬかに、必要に迫られれば深夜にでも、越えなくてはならぬ山、神々の哄笑のからからと谷に尾根に轟く山……しかし、なぜこの鞍馬を夜に越えなくてはならない、何処へ行く、僧侶山伏隠者、夜討朝駆落人、天狗や牛若ならいざ知らず。

そんな埒もないことを思いながら、額に左手を翳して、谷を幾筋か東南へ隔てた、叡山の方を望んでいた。薄曇りの空に早春の光の眩しさがこもっていた。雪は昨朝、箱根より東に降っていたが、このあたりでは山上の堂の軒下にわずかに残るだけで、遠くの尾根も見渡すかぎり、四明嶽から横川仰木、さらに北の先まで白いものは見えない。

背後に鞍馬の本堂があり、本尊の毘沙門天は秘仏となっていて、内陣を仕切る格子の外の、細長い莫蓙を敷いた寒い縁の上に老年の善男善女があちこちにぽつんとかしこまり、身を格子にすり寄せるようにして、口々に経か呪文を称えていた。低く押えた声が、何の祈願やら、それぞれ異様な熱心をこめてうちふるえ訴えていた。

額に手を翳すとは、近頃馴れぬ恰好だ。遠くを眺めやることが大体、今の暮しの中ではまれになった。たしかに、遠くから道をやって来る、たとえば坂道を登って来る人間を眺めながら待つとか、そういうことが昨今めっきりすくない。それにまた、たまたま街頭などで光が眩しくて思わず額に翳すとしても、たぶん右手のほうでするだろう。これは考えてみれば男として不心得、と言わぬまでも、闘う習性がたるみきっていると笑われても仕方のないところかもしれない。左手のほうを翳すというのはなるほど、いささかは戦闘態勢、ふくみである。自由なほうの右手が馴れぬ姿勢に戸惑って、まさに手持ち無沙汰、腰に当てられている。ここは様《さま》としてやはり、槍か鉾か、せめて棒ぐらいは欲しいところか。

我ながらどうも、あんがい暗示にかかりやすくてたわいもない。ついいましがた本堂の裏手の山中にある宝物館で拝観してきた毘沙門天像の姿を、柄にもない、半分ばかり真似ていた。北方守護、京城鎮護の仏で、鬼門にましますという。鬼門とは中心から東北にあたり、鬼が出入りするところとか、よくよく忌むべき方角だそうで、すこし昔ならば、こちらに出入口や厠はつくらなかった。つまり左手を翳しているのは遠くおよそ平安京を睨んでいるわけで、眉をきつくひそめて、さほどまだ強い憤怒の色はあらわれていないが、そろそろ怪しげな雲行きを京の方に見て、右手に三叉の鉾をじわりと握りなおしたというところである。

そのほかにもう一体、兜跋《とばつ》毘沙門天像と称して、こちらはまただいぶ様子が違って、左手は額に翳さず宝塔を持ち、火炎を背負って頭には帽子みたいな兜《かぶと》、身には外套みたいな鎧、憤怒の顔をややうつむけ加減にして、両脚をひろげてぬっと立っていた。その六尺に近い体軀を下から女像が、これも地天の神なのだそうだが、左右の手を肩の前に差し出して、片足ずつ支えている。そんな重いものを差しあげながら、御膳の前にかしこまるみたいに、静かに目を伏せている。あれは妙だった。もう三年近く前になるか、秋口に東北へ旅をして北上山地の外辺の、鄙びた土地の山腹にある毘沙門堂を訪れ、蒼然とした堂の裏手の収蔵庫の扉をあけてもらうと、目の前にいきなり丈六の毘沙門が立ちはだかった。やはり甲冑に火炎を負い、左手に宝塔を掲げて右手に三叉の鉾を突き、顎の張った顔をややうしろに引き、眼をかっと剝いて遠方を睥睨し、これは坂上将軍が鎮守府を置いた胆沢城の鬼門の護りなのだそうだが、いまにも打ちかかりそうに見えた。

あの丈六の憤怒の巨体も小さな女像の、肩の上にひょいと差しあげられた左右の掌に、支えられていた。大きさが大きさだけに、その下で女像が屈まって地にめりこんでいくと見えて、そのくせまことに静かに、笑みさえふくんでいそうにしているのが、いたいたしいような、屈辱的なような、見ようによっては色っぽい、変な印象を受けたものだ。

北辺の守護神が女性《にょしょう》の掌を踏んまえているとは、どういうことだ。闘って破れた女神が屈服を歓びとして、豊饒の力のすべてをもって破邪の憤怒に仕えているわけか。観音か吉祥天が配偶神と信じられていたといわれる。東北の毘沙門天の脇に添うていたのは、あれは歓喜天だとおしえられた。護教の軍神が同時に福徳神と憑《たの》まれたのには、なにか色っぽい事情でもあるのか。

どうも淫らなことを考えていけない。馴れぬ恰好を取って中身が空疎になったせいか。すぐ背後の本堂にまします秘仏の御本尊は、女像を踏まえてはいなくて、京の方へ手を翳す、この姿だと推定されるそうで、格子の外では老人たちがうずくまって一心に祈っている。国家安康五穀豊饒ではあるまい。息子に女運が向いてくるようにと、そんな祈願でもいいのだろうか。毘沙門に女運を祈られた男は今頃、街のどこをほっつきまわっている。背すじが寒くなりはしないか。

またしても雑念湧き起り京の方角へ、別段怒りもないが眉をひそめ、鼻孔をふくらませて口を結び、目をむしろ細く、瞼がふさがりかかるまで強く絞《しぼ》り、訝りをひとたび呑みこんで静まり、つかのま悪行を憫《あわ》れんで天罰をすでに想って愁いに沈む——そういえば近頃、この表情に覚えがある、とふと思った。誰を憫みも愁いに沈みもしなかったが、似たような眉のひそめ方をして、小心のかたまりが窓に倚《よ》ってつくづくと深夜の遠い空を眺めていた。寒い寝間着のままだった。

時刻は夜半過ぎ、東から南の方角の空に、赤光が細く伸びた。薄曇りの中に、日没後ひさしい残映に似て、いまにも闇に紛れそうにほのかなのが、ふっと濃さをましたのに驚いて目を凝らすと、人の呼吸ほどの間合いで、赤みが下方から差しては引き、紛れもなく明滅している。紫雲の棚引きに近いものを浮びあがらせたかと思うと、赤い染みのごとくにまで褪せて、その繰返しにおもむろな閃きの感じがともなう。まず月の出を思った。暦を引くとはたして下弦の頃だった。この曇りぐあいなら月はかなり赤い。しかし昇るに先立って光が明滅するとは、考えれば奇怪だが、むかし登山の帰りに、夕闇の山の端のうしろに同じような光がふるえるのを、やはり東の方角なので訝るうちに、病んだような赤い月がふらりとあがったことがある。そのことを思出して月のあらわれるのを待ったが、光はそれ以上に満ちあげる気配も見せず、それに、光の中心がいくら何でも南に寄りすぎている。磁石を取り出してあててみると南東よりも、もう南南東に近い。

つぎに遠い大火を思った。これは敗戦の年に幾度も眺めた。敵機はすでに去って爆音の影もなく、街は炎上するままにまかせられている。あれも空がただじわじわと焼けまさっていくだけでない。光芒がくりかえし、ほとんど緩慢な感じで閃き昇って、高空で渦巻く煙か雲か紫色のまがまがしい塊を照らし、そのつど地平を覆う赤光が淡く透け、うちふるえる。その中を無数にきらきらと輝いて舞う物が見えて、あまりの美しさにうなされたような人の叫喚が長く空にあがるが、これは火災の現場の叫びではない。炎上はあくまでも無音で、ただ眺められる。その赤光を背負って、やや遠くに家の影が、どういうものか一軒だけ、くっきりと浮ぶことがあった。

とすれば川崎から羽田の見当の、大火を思った時には、身の内の戦慄とともに、みるみる空に赤みが差しつのり叫喚の気配すら昇るように感じられたものの、見つめていると一向に焼けまさらず、閃きの強さも間合いも初めとまるで変らず、これはやはり月だろうかと、硝子越しではおぼつかなくて窓をあけて身を乗り出したりもしたので、すっかり冷えきって本物の慄えが始まり、床にもぐりこんだ。二時を回った頃に目を覚まして窓からのぞくと、下弦よりは瘠せた月が不景気な色をして東の空に浮び、それよりずっと南に寄ったところで相も変らず無表情な赤光の明滅がつづいていた。地底の異変が空へ昇る、発光現象かもしれないな、あれは木更津の見当か、とつぶやいてまた眠った。もう四時近くにまた起き出してのぞくと、月はだいぶ高くにかかり、いつのまにか白く冴えて輝き、半欠けでもけっこう眩しく、いささかけうとい気がして、あのとき思わず片手を額に翳し、南のほうへ目を向けると、雲間に細長く波打つ赤光がようやく濃く煮つまって、ゆらめきを内に含んで見えた。あんな厭なものを知らずに眠るんだからとつぶやいて、さてどう思うともなく、しばらく見つめていた。寒さの慄えを押えつけるため、額に翳した手にじっと力をこめていた。

同じ未明に横浜で大火事があったことを翌日の夕刊で知らされたが、横浜なら我家から見て南からすでに西へ回る見当になり、よく読めば出火時刻も午前の二時近くで、こちらが赤い光に気づいてからおよそ二時間もあとだった。それでも四時過ぎまで燃えていたという。

次の晩、近所の試験農場に飼われる鳥が夜半からひっきりなしに躁いだ。いくらか気にはかけたが、弱い地震も起らなかった。ほかに大きな事故も騒動も聞かなかった。

それが下弦の月が少々欠けた頃のことで、そんなきっかけから、日頃は気にもかからなかった月齢のことがいろいろと目に留まりはじめ、炎上のことも思い合わせて軍記を試みに繰ってみると、まず叡山の僧兵の焼討による清水寺炎上が七月の二十九日、ただし、午の刻ばかり山門の大衆おびただしう下洛すと聞えしかば、とあるからこれはまず明るいうちらしいが、つぎに、叡山より大なる猿共が、二三千おりくだり、手に手に松火をともいて、京中を焼くとぞ、人の夢には見えたりけり、とある内裏炎上と京の大火が、四月二十八日亥刻ばかりに、樋口富小路より火出来《いでき》てとあるから、これはまさに闇夜を焦した。つぎに鹿谷の謀が一味の多田行綱の通報により露見して、入道大に驚き大声をもて侍共よびののしり、京中大騒ぎとなったのが五月二十九日の小夜《さよ》深方《ふけがた》、夜討放火のみならず、密告にも月のない夜がよろしいらしい。つぎに平家の軍兵が早朝から院の御所を打ち囲み、法皇を鳥羽殿に幽閉したのが十一月二十日の夕。つぎに源三位の謀反が、四月の二十二日に新帝の即位あり、ついで或る夜ひそかに頼政が以仁王のもとを訪れ、宮の令旨の使者に新宮十郎が東国へ旅立ったのが二十八日、事が熊野の方面から発覚して宮が三井寺へ走ったのが満月の夜、二十日余りに大衆が結集して、永僉議のあげく軍勢が未明に六波羅に向かったものの途中で鶏鳴して、五月の短夜ほのぼのと明け、夜討を断念して宇治に転戦して橋合戦、宮は落命、源三位は切腹、ついで三井寺が平家の大軍に攻められて炎上したのが二十七日、これまた暗さはくらしの夜。

　富士川の水鳥の音に驚いて平家の大軍が潰走したのが二十三日の夜、南都東大寺興福寺が平家の軍勢に囲まれて炎上、大仏殿中、喚叫《をめきさけ》ぶ声、焦熱、大焦熱、無間阿鼻の焔の底、千余人が焼き殺されたのが、風烈しき二十八日の夜。木曾勢が迫って、京中騒がしく、平家都落ちの噂を聞いて法皇が従臣ただ一人伴い御所をひそかに抜け、鞍馬へ逃げこんだのが二十四日の夜、明ければ二十五日、明方の月白く冴えて鶏鳴忙がわしく、平家一門の都落ちが始まる。宇治川合戦は二十日あたりに始まり、木曾殿最後は二十一日。一谷合戦は六日の夜半から熊谷たちの先駆によって始まるが、屋島合戦は十八日未明に義経の軍が平家の陣に寄せて、二十二日には片がついている。壇浦合戦は二十四日払暁に源平矢合せ——。

どうも月末の方が躁がしい、血腥《ちなまぐさ》い。火炎のにおいがする。小勢による夜襲ならば暗いほうが好かろうが、公然たる、真っ昼間からの大軍の動員が、なぜ月齢を選ぶ。陰謀や密告ならまだしも闇夜がふさわしかろうが、政変に新月も満月も有明の月もあるまい。月が欠けはじめると、人の血は次第に躁ぐものか。宵々、修羅が近づくか。それとも、新月から満月にかけて、月あかりの夜々まさる時期は清浄な、慎しむべき時と感じられていたか。月見の風習などにも多少は、慎んで侍《さぶら》ふ心がひそんでいたものか。それにひきかえ月が衰えていくにつれて不浄な、忌まわしい時期となるのか。十六夜に、立待ち、居待ち、臥待ち、そして二十日を過ぎると、寝て待っていたのがやおらむっくり起きあがり、目を赤く闇に光らせて、人を呼ばうか。清浄な時なので慎しむのか、不浄な時なので慎しむのか。忌まわしい時だから忌むのか、忌まわしい時だから忌まないのか。二つの感じ方はある。おそらく、兵を動かすということは、宣旨か神輿でもかついでいないかぎり、あるいはかついでいても、いかなる名分があっても穢わしい、戦略以前の必要として闇に顔をつつまなくてはならぬ、妄《みだ》り事と思われていたのではないか。

そんなことを未明《あさ》帰りの車の中で考えたのは一月もすでに末になり、南へ向けて走る道路の左手、団地の群れの上空に低く、細い月がかかっていた。あの幽かな月の光の力を、野の草々におく露の明るみに感じる心地とはどんなものか。あんがい恐ろしいようなものがあるのではないか、と思いやれば、ありあけの月、さやけき影をまばゆくおぼしめしつるほどに月の顔にむら雲のかかりてすこしくらがりゆきければ、と花山院が出家を決意して藤原氏の謀にはまったのも月の二十二日で、いみじき源氏の武者たちが乗りものの脇をひたと固めて、加茂の堤から粟田口の山あいを越えて山科の花山に急ぐ道々、道傍の露がまたほのかに光って、雲が流れ、具足が闇に浮んで、槍の穂先か薙刀の刃が赤く照り、これは険悪な、修羅の気の近づきというべきか。

変なまるさの月が出てました、と晩に家を訪れた若い者が言ったのは二月もなかばになっていて、満月の輪が歪んで見えるというので、十三夜だろうね、それは、まるいとまず目が思いこむからいびつに映るのではないだろうか、色っぽい物じゃないか、とすぐ手の届く東の窓をあけもせずにそう答えて、さて、高層ビルの間を歩いていて月が三角に見えたという人があるぐらいだから、見るこころによってさまざまなのだろう、とくに下弦の月などは追いつめられた者の目には歪んでも尖《とが》っても見えるかもしれんぞと首をかしげ、翌朝悪い夢にうなされて目を覚ますと旅立ちの日に雪が降りしきり、湿った雪のにおいが地下鉄の中まで漂い、途中で不通になるものと覚悟して一時間遅れの新幹線に乗りこんだら、難所はあんがい横浜あたりで西は関ケ原にも雪はなく、京都は薄曇りで底意地悪く肌寒く、三条より上で消防車の声がしきりにあがり、ホテルに荷物を置くとまず電車で山科まで越えて宅地の密集の間から周囲の山々、花山、音羽、醍醐を見あげて地形をたどりたどり、同じストアーでも雰囲気が東京の沿線地帯とよほど違うのをあれも新開地これも新開地と面白がり、不動産屋の貼り紙をのぞきのぞき伏見までまわり、余裕《ゆとり》があればこの辺の新しく建て込んだところにひと間のアパートを借りて、伏見の里のあれまくも惜しとばかりに逼塞、外にも出ずに暮したら手前がよけい荒涼として面白かろう、とそんな愚にもつかぬことを夢想しながら、伏見稲荷まで来ると日がようやく暮れて、本殿の裏の杜からおあつらえむきの月が昇り、今夜がどうも十三夜らしいが、歪んでもなければ色っぽくもなく、赤くも熱くもなくて、切り立ての大根みたいに白く、おりしも寒風が吹きつのりむやみに酒が欲しく、門前の飯屋へ駆けこんで、とりあえず鶏を注文した。

静かに冷えた春先の、高曇りの空へ手を翳すと、かえって昏《くら》い目に宿酔の残りがちらちらと動いて、山上から何を遠望するでもないいつわりの凝視の姿勢の内に、昨日、ホテルに着いて長い廊下を幾曲りか案内され、方角の見当も失せて、狭苦しい部屋にひとり残されたそのとたんに、まず部屋そのものの内にかすかにこもる妙な気配《におい》として、それからはるか地平へ遠のいて四方からまたおもむろに包囲を縮めてくるふうに聞えてきた、サイレンの感触が滴るように蘇り、思わずじわりと耳を澄ました時の険相が身の内から、我ながら凄まじく感じられ、眉をまた強くひそめると、深く寄った皺に圧された目に、外界がいよいよ燦然として、枯木も揺すらず白い嵐が吹き渡り、その静かな狂奔の中を透明な人影がはるばると、長閑に杖をついて、麓の谷から登ってきた。

ただの照れ隠しのようなものにすぎぬ妄想の影が、芝居がかりが苦々しくて眉間にさらに力をこめるにつれて、不届きにも姿の濃さを増し、杉の老木の根もとに差しかかり、男になるか女になるかしばし迷った末、汗まみれの雲水の大男が目の下まで来て立ちどまり、荒い息を抜いて、こちらを見あげて深くうなずいた。

——待たせたな、ともうひと折れ急坂を登りつめて肩を並べ、同様に笠の下から南のほうを眺めた。

——首尾はどうだった、とこちらも、人を待ってすらいなかったはずなのにたずねた。

——ここから夜ごとに、眺めていたか。

——ここからでは見えるものか。

——なに見えぬことがある。それ、目をよおくひらけ。

——ああ、見える、昨夜も三ところから、赤いものがふくらんだ。すぐに消えたが。

――それは知らんな、まだ月夜だからな……ところで便りはもらった、花見に来た。

――便りなどやった覚えはないぞ。それに花はまだ、枯木もいいところだ。

――なんの、花がなくてどうする、これだけの嵐がはや吹いて。

そう言って男は笠の縁に手をかけ、かたわらの、桜とも思えぬけわしい枝張りの枯木を仰ぐと姿がやさしくなり、風を慕って、ゆるやかに身をめぐらし本堂のほうへ向きなおり、杖は置かずに片手で深く拝礼して、ふっとまた起した目を堂の背後に黒々と重なって聳える、これも杉むらばかりにしか見えぬ山林へさまよわすにつれ、笠の下で顔色が恍惚と白くなり、にわかに年寄りめいて肩の落ちた身体を杖にようやくすがらせ、腰からうつらうつらと揺すり、あくがれ出た魂の行く方を見送って啜り泣くように、ふるえる息を細くたえだえについていたが、哀しみがきわまった風情で静まりかえったかと思うと、いきなりむっくりと膝から力が入って全身にみなぎり、杖を地に荒くつきなおして、いっそうの大男となり、堂と林を背に負って立ちはだかり、峯から峯へ、谷から谷へ、笠の前に節くれだった手を翳し、山のかひより見ゆる白雲、と唸ってやがて真南の方を望んだ目つきに、なにやら心凄の気色がゆらめき、涙を浮べながら兇悪なようにさえ見えた。

――この月もやがて傾いて、暮れなばなげの、花が合詞《あいことば》だ。

――夜討か、合戦か、火を放つか、それとも貴人が落ちるか。

――さて知らぬ、俺は、花しか知らぬ。

――無責任なことを言うな、人を動かしておいて。

――動かすつもりはない。あちこちで花のあわれを語って歩くだけだ。

――すると訪ねた先々で、夜が深《ふけ》ると、花の夢から、赤い光がゆらめくわけか。

――隠密玄妙なことは、聞いても聞かぬことにしている。白湯を啜って、黙って山へ帰る。しいてたずねられれば、世の無常ぐらいは、説くことは説くが。

――後姿を見送らせる。見送ったあとでひとりにもどって、軒から空を仰ぐと、洗い流された心の底で、永年の辛抱の、おそれの、緒がすでに切れている。それから夜々、月が傾いて……。

――血の色にはもう厭いた。それぞれ身の中に溜めているだけで沢山だ。満月から新月まではかならず山に籠ることにしている。

――花の色にはますます狂うか。いったん桜色に染まれば、ひとりで日に日に濃くなり、月の光に戦慄させられてまた濃さを増し、二十二日が傾いて、二十四日が傾いて、月さえ赤く滴り……。

――花は狂わぬ、月も狂わぬ、狂うのは、人が狂うのだ。俺は、枯木の花の下《もと》に横たわることを願うだけだ。

――花あかりの下で、真赤な闇夜を夢見るわけか。鯨波も立たぬ、阿鼻叫喚も立たぬ、静まりかえった赤い夜を。

——もはや花も散らぬ月も欠けぬ、空恐しさを夢見る。嗚咽も呻きも歎息も立たぬ、恐れもあわれも消えた白い夜を。

そう言うなり男は目の前にごろりと横になり、長い息を吐いて肱枕に頭を沈めた。それがいかにも人を喰ったふうで、目をつぶる前に笑いをふくませたようにも見えたので、これは馴れぬ芝居がかりにひきこまれて自分で自分を笑うこととなったか、と興ざめて我に返りかけると、枕のうしろから木がひともとぬっくりと生い立ち、やはりさむざむとした枯木で、丈もさほどではないが、よくひろがった枝を垂れるともなく寝姿の上へ差しかけ、何をしてやがるんだ、田舎芝居の小道具みたいなものを、と舌打ちするうちに、ふいに本堂の裏の杉むらが傾いて、またしても嵐が吹きおろし、朽葉一枚舞わず、小枝一節顫わさず、みるみる烈しく、いよいよ眩しく吹きつのり、男の眠りを覆う木を根こそぎ運びそうに見えて、木はすこしも変らず、枯枝をゆるやかに男の上へさしのべ、いまや四方から伴を呼んで渦巻きはじめた嵐を枝先から吸い取ってほのぼのと明るみ、やがて力を吸い尽して飽和してみずから白い光をはらりはらりと、狂奔の力を内にこめてこれも嵐、長閑に降らせはじめた。

男の寝顔の上にもほのぼのと、笑みがふくらみ、落花と照りかわしながら、いつのまにか脇に引きよせた杖を断末魔の手つきで強く握りしめ、それにつれて東から南の、真南からさらにやや西の、山の背後が焼けはじめ、赤光が波打ちながらじわじわと押しあげ、杉の穂先のわずかに染まった暗い谷から、遠近一斉に、黒光りするような高笑いが巻き起り轟きかわした。

　毘沙門さんに願かけた、と東の谷で囃し立てた。帰りの一条で稚児ひろうた、と西の谷から答えた。と思うたら女やった、と北の谷で引き取った。おそろしうておそろしうて、抱いてしもうた、とまた一斉に笑い声が起り、さて、腹がふくれた、腹がふくれた、と素頓狂に甲高い声が倒木の音のように谷から谷へ走った。壺屋に隠れて、畳を敷かせ、両膝ついて、股をひらいて、いきみ、いきみ、いきみいきみいきみ、子金を産んだ、うらやましいか。火の車の中で、女陰が紫金に照りはえた、うらやましいか。

　うらやましいな、と寝顔が苦笑して、落花を浴びつづけた。

　うらやましいな、と私も翳した手をおろして、やわらかな陽ざしの流れる冬枯れの山を見渡して空腹を覚えた。門前の茶店に麦とろと貼り紙がしてあったから、それでも喰って、酒も一本ぐらい頼んで、疲れをやすめたら、また家探しのつもりで日の暮れるまで歩きまわるかと思った。

花見る人に

昨夜は壬生《みぶ》に火事があったらしい。乳母のふところ、つまり陽向の地、という言葉から来る町名が京都のどこかにあるという。どちらも朝の車の中のラジオで聞いた。細君が今朝がたから産気づいたと運転手は饒舌だった。二度目の嫁さんだそうだ。最初の嫁さんらしいのがこの頃またときどき電話をかけてきて、物も言わないので困る、とこぼした。寺の若奥さんに頼みこんで、山楽の襖絵をまげて拝観させてもらって、それから、おびただしい数の朝顔の花にまだ舌を巻きながら、地下鉄に乗っていた。まもなく地上に出て郊外電車となった。

乗る前に札《さつ》をくずしておこうとして、宝籤に目がとまった。二枚買って先行きの良い心地がしたが、考えてみれば今夜のうちに東京に帰ってしまうので、関西のほうの当り番号を確めるわけにいかない。俺はまだ旅の空だぞ、とそんなことをいまさらつぶやき、桂の駅前に降りてきて、沿線の新開地は東と西とでやはり、風の荒さが違うだろうか、とまた気を逸らされた。ずいぶんと賑やかな駅前だが、大原野の神社あたりまでは交通の便が悪いと聞かされていた。

ここも、昔はよほど広漠とした野だったのだろう。前方右手遠くの山もとに大きな団地を望んで車は走っていた。ニュータウンと呼ぶのか、盛んな蜃気楼のようにも見える。それにしても、以前来たことのある気がしきりにして、もう二十年あまり昔に初めて大団地に知人を訪れて迷った晩の、かすかな恐怖の味を思いかえしているうちに、車は小さな岡を越えて、山のほうへまっすぐ入るのかと思ったら、団地の真只中へ降りていった。なるほど近頃は、一区劃ごとに多少の変化を棟にもたせている。和風のごときもある。その工夫がなまじ憂鬱だ。

しかしあちこちから、竹林が目につきはじめた。やはり通ったことのある、老の坂から丹波のほうへ越える道であるらしい。二年前のやはり春先だった。そう言えば団地はまだ造成が進行中で、山裾が白く無残に掘りかえされていた。その造成地を抜けて竹林の間をやや登り、峠の雰囲気のあるところに差しかかると道端に、霊園が近くなりました、と立看板があり、同乗三人の中年男が揃ってゆるい喉声で笑ったものだった。

空は晴れるとも曇るともなく、白い靄を通して陽は降りそそいでいた。

大原やまはすみよいか——いつのまにか団地は影も見えなくなり、田園らしくなった道を、車は前方にこんもり茂る、あれが小塩のやまか、常緑樹の山へ向かって登っていた。

大原や小塩の山も、とつぶやいてみて、こよいかぎり、と赤城の山のほうへつながり苦笑させられた。けふこそは神代のことを思ひいづらめ。あれはずいぶん、あぶない歌なのではないか、といらざる心配をはじめた。東宮の母なるお人に、昔の関係を、ほのめかしていることになりはしないか。

年齢《とし》はそれぞれ幾つだ。これは眠りかけた床の中から起き出して調べたことがある。をとこは、近衛府にさぶらひける翁とあり、五十を越したあたりか。をんなは三十代なかば。年の差がたしか十七歳、このことがたいてい伏せられている。むかし、をんなが帝に思われて、禁色をゆるされていた頃、をとこがまだいと若くて、女方への出入りをゆるされていた、というのでは、をんなが赤児になってしまう。まして、帝は女より九つ下である。をんなが困惑して曹司にさがると、をとこが人目もはばからずやってくるので、をんながが思いわびて里にもどるとをとこはいよいよ、とあるが、曹司におり給へれば、とこでにわかに敬語をつかっているのが、腑に落ちない。二人いるところへ、何も知らぬ幼帝が迷いこんでくるのではないか。

帝の即位は九歳だという。かりに帝が十歳で、をんなが十九、をとこが三十四、だとしたら、この話はどうなる。帝が十七、をんなが二十六、をとこが四十三では。

中年男の、分別盛りの惑乱か。それとも、これも政治闘争のうち、最後の抵抗ではなかったか。

業平は平城帝の孫、平城帝は、薬子の乱ののちに剃髪している。挙兵の企てに失敗したらしい。業平が寄り添った惟喬親王は文徳帝の子、清和帝の六歳の兄だが、母親が紀氏で、生まれたばかりの弟に東宮を越されている。清和帝は外祖父が良房、良房はそれまでに政変を通じて政敵をあらかた除き、清和帝の即位と同時に摂政の位についた。高子は長良の子で基経の姉妹、基経は良房の養子で後継者。だいぶ好色な女性であったらしいが、良房家にとって天皇の外戚の地位を保つためには、この腹しかなかったとしたら、そしてこの腹が皇子を宿して、誕生やがて東宮ということになれば、惟喬親王の望みが潰えるとしたら……。

たいした風雲児だったのかもしれない、あの在五中将は。ただの好色漢《まめをとこ》ではなさそうだ。

帝は、をんなのいとう泣くのを聞きつけ、をとこを流した、というのは史実にはないのだそうだ。しかし史実を象徴的に伝えたとすれば――それと同時に、をんなの従姉にあたる后がをんなを里にさげて蔵に押しこめ、をとこから隔てようとすると、をとこ、人の国より夜ごとに来つつ、笛をいとおもしろく吹きて、声はをかしうてぞあはれに歌ひける……天晴れ色男のふるまいだ。しかし政変進行中の京の街はおそらく百鬼夜行、権力者の侍どもが物の具ひっさげてうろついていたのではないか。とすればこれはもう命がけ、手前も数はしょせん足りぬが屈強の郎等どもをひきつれて、一触即発の中で、蔵に匿われた女に向かって、敵方の腹にたいして、いとおもしろう笛を吹く。考えるほどにいよいよ天晴れであるが、しかし若武者ではない。初老にさしかかり、行きつくところの完全な敗北を目近に見た男の、仕舞いの死物狂い、思えば陰惨、陰気な修羅だ。能面の在五中将の、眉間の顰めの翳りが、あれがやはり正解なのかもしれない。

それが命いきながらえて、思ひきや、たのみの親王には出家され、従四位上権中将、近衛の翁、昔知った女のどうやら立后も間近い氏神参りに加わって、ひとびとの禄たまはるついでに御車よりたまはりて、東宮の母御のさきはひを祈り、祝言の歌をたてまつるかたがたいささか、かみよのことも思ひ出されますな、とばかり昔のみだれごとをほのめかす。やるではないか。周囲の謹厳な面持の下にかすかな、苦笑の小波を誘い出し、権力をつかのま地に、色事の泥に塗《ま》みれさせたではないか。しかし数年してこの翁、死んでしまう。敵《かたき》の腹のほうが、やはり勝った。

そんな埒もないことを思ううちに車は山にかかり坂を登りはじめ、やがて人家がつきて小松原らしいものも見え、花の寺を先にしたほうが神社まで道が下りで楽なのでと運転手は説明して、山腹の寺の門の脇に着けた。庭でしばらく待たされたあと、銅鑼の音を合図に本堂脇の収蔵庫にあがり、僧侶の案内にかしこまって薬師如来像を拝観した。それから須弥壇の左手に立つ黒い大厨子に向かって正坐させられて、あかりが消えて真暗闇になると、厨の扉がひらいて内が明るく、片膝を台座の上にひきあげた、半跏像がくっきり浮き出した。観音びらきとはまさにこれだ、とつまらぬことに感心しながら、呆気に取られて見あげていた。写真では気安く見馴れていた姿で、衣文のたくみばかりが肥大してうるさいとも思っていたが、まのあたりにすれば、芝居がかりの照明の中でもこれはまた豊麗、しかも森厳、衣文の流れは妖艶でさえあり、正直言って、恐い。力をはてしもなく吸い取られていきそうになる。すがろうとする情熱が、しょせんはこちらにないせいか。

ずいぶん観音の像を拝んできたが、どこでもおもむろに圧《お》しつけられて、落着かなかったな、と思った。

本堂の前からまた庭に降りると、さしあたり、することがなくなった。空はやや翳りかけて正午をまわり、旅の予定は、初めからとくにないといえばないのだが、尽きていた。腰をあげてまっすぐ帰れば、日のあるうちに家に着けるかもしれない。その気になれば夜からでも仕事にかかれる。そう思うとかえって、途方に暮れた心地がしてきた。

今日はゆめゆめ、額に手を翳したりはすまい。それにしてもなかなか、良い見晴らしではないか。京都の街が東の山まではるかにひろがっている。都心から歩いて一日というところか。隠棲遁世というのも、おかしなものだ。たいていはこんなふうに、俗界を遠く望める、俗界からも遠く望まれる山ぶところに、隠れるようだ。かりに山を越え、谷に入り、眺めは遮られても、隠れるという、俗界の人間たちの観念のうちに親しい土地ではないか。観念や夢想のうちでますます、望み望まれる。隠れているんだか、存在をいっそう強く意識させているんだか。頭隠して尻隠さずの、まず反対だ。尻を隠して、面影は濃くなる。山の方を仰がす。
とにかくここは絶好の隠棲の場所だ。山ぶところとはいえ、さほど高くない。日々棲まえば、谷の底に沈んでいる心地になれる。京《みやこ》のほうから眺めても、山は山だが、睥睨《へいげい》される感じは受けない。むしろ深く閉ざされ、内へ心を澄ませている、と思いをやらされる。やはり谷である。それでいて、これだけの展望がある。進攻軍ならばここに作戦本部を置くだろう。
しかしこれはまた、舞台ではないか。舞殿《まいどの》造りなどというものがあるようだけれど、ここはほどよい深さ広さの山ぶところがおのずと、京のほうを向いて、常磐木の林の中に隠された踊り場ではないか、とそんなことを思って、ふっと尾根から風が吹きおろしたか、背中に厭な寒気を覚えて振り向くと、その目つきが我ながらどうも妖しく、そして境内の至るところに、丈は高からぬ枯木が、老いねじくれて、蒼い苔の生えた幹を地から一間ほどでくねくねと枝分け、さらに細く分け、粘りくねる小枝を、空へ押しあげながら地を摹って張りひろげ、まるで髪ふり乱す亡者の林、いまにも唇を動かして顫え声を洩らしそうなのが、よく見れば桜、よく見なくてもここは花の寺だ。さいぜん本堂のほうへあがる前に、西行桜と書いた立札を目にとめて、はてと大まじめに首をかしげていたではないか。花
誰もいない。京《みやこ》からお客が来ているのに、庵室の主人は京に出かけて留守なそうな。花

はこれ見てのとおりまだまだ枯木で、主人は花の咲く前のこの時節になるとかならず山を降りて、しばらくもどらない。杖をついて、あちらこちらの邸にふらりと今年はじめての顔を出し、驚かれ、懐かしがられ、山の冬の暮しをゆかしがられ、その間に京で起った出来事、惨憺たるありさまを口々に訴えられて、まさにご上人の予言なされたとおりでした、といまさら恐しげに目を瞠られると、いや滅相もない、この年寄りは山に埋もれてようように生きているだけで、世間のことはもはや見えません、ただ何事も無常と申しあげただけのこと、とさびしく笑って、それにしても傷ましいことだ、京のはずれにも死者《ほとけ》たちがうちおかれたままなのを、知った者も混っているかと見て過ぎてまいりました、綺麗な顔立ちの女人もおった、などと静かに語り、花よりもはやくうつろう世を歎きながら、ときおりドスのきいた述懐をそれとなく忍びこませ、言葉尽きてしばし瞑目した末、さて、今度はまたお目にかかれますことやら、と腰をあげ、名残りを惜んでひきとめるのをにこやかに振りはらい、花が年寄りを待っておりますので――山もとに霞のかかる頃には庵にもどってきて、柴の扉をぴたりと閉ざす。

花が咲けば、京から客たちがやってくる。軍《いくさ》が荒れようが、飢え病いがはびころうが、山ぶところに花の雲がかかって、三日も平穏がつづけば、西山の上人にあらためて結縁をなどと称し、うちむれてあくがれてくる。ところが主人は顔を出さない。下働きの爺さんに、主人は今朝がたさらに山奥の花をもとめて旅立ちましたと言わせて、客を庭へ案内させ、花をほめるにつけ主人の不在をまた惜ませるが、じつは奥の堂に籠って、脇の板壁にぐったりもたれ、膝をかかえて、廃人のごとくまどろんでいる。花の咲く間は、心が常ではない。

客は帰り、日が暮れかかると、堂の中からよろぼい出てくる。背後の尾根をかすめて流れる光を浴びて、もう一度照り盛る花のあいだを茫然と抜け、舞台の前縁《きわ》まで進んで、杖にすがり、一面に輝きわたる野から京のほうをうち眺める。やや寒く吹く微風に、瘦せさらばえた膝から腰を、ゆらりゆらりと揺すっている。そのうちに日は尾根のうしろにまわって、山ぶところは陰の中に沈み、常磐木の黒さに囲まれて、花の影が浮きあがる。平地はいよいよ輝き、やがて輝ききわまり燃えあがりそうに見えて、光がすっと遠くまで拭い取られ、あちこちでなにやら人の叫びが長く立ち、夕靄につつまれる。入相《いりあい》の鐘が鳴り、花がはらはらと散り、杖にすがった腰が細かく顫える。

鐘が鳴るので腰が顫えるのか、腰が顫えるので花が散るのか、花が散るので鐘が鳴るのか、と思わせるような呼吸の一致がある。

腰が顫えるので鐘が鳴るのか……。

日が暮れきると気が落着いて、水っぽい粥を啜り、また堂に籠る。さびた読経の声が花のあいだに聞えている。ところが東の山から十八夜ほどの月が、山の端にわだかまる靄の中で赤く、歪み滴り苦しんで、ようやく宙にかかり、あたりの松の葉がほのかに照りはじめると、堂の内の声は太く迫りながら跡切れがちに、上の空がちになり、やがてひと声高く叫んでぱたりとやみ、扉がひらいて見るからに不逞な、大男の影があらわれ、のっしりと威嚇する足取りで花の庭へ降りてくる。

庭の中央の樹下にいかつく坐りこみ、数珠を揉んで、花に向かって呪文のごときを唱えはじめる。空だの無だの、さながらに枯木だの骨だの、しきりに叫びかけるが、それにつれて花はいよいよ白く照り、男の面も白く、眉が物狂わしく、顰めたまま燥ぐふうになり、やがて跳ね起きると大童《おおわらわ》に庵室へ走りこみ、大薙刀を小脇に駆けもどり、鞘を払って花の下で大車輪の舞い、と見えたのがよく眺めれば、そよとも動かぬ花に、勝手にきりきりと振りまわされている。腰も浮きっぱなしで、たまに定まったと見えるのもただ進退きわまってつかのま立往生しただけのこと、ときどき舞台の縁までようよう逃げ出して、薙刀の柄にすがってたえだえの息をつきながら、下界に向かってさすがに目を剝いて、全身にわなわなと力をこめて睨むものの、蒼い靄につつまれた京の方角からは火の手ひとつ立たず、たちまち襟をつかまれてうしろざまに引かれたように、よろよろとのけぞって花の下へ舞いもどり、眉にはいよいよ濃い険を、死物狂いのごとくためながら、手ぶり足ぶり、首のふりが心ならずも剽軽に、しかしどこか陰気な木偶《でく》の舞いを舞いまくり、やがて片肘片膝をひょいと高くひっぱりあげられ、はて迷惑な、とつぶやいてまた燥ぎかけたとたんに、糸がふっつり切れて地にくずれおれ、眉をほどいて眠ってしまう。頰を土にこすり、軒さえ立てて眠るうちに、ようやく枝から花がはらはらと散りかかり、遠く京の方に、一箇所また一箇所と、赤い煙があがりはじめる。

常緑樹の尾根から、庭の枯木を揺すって風がひと吹き渡り、日がやや翳った。遠く市街地のほうにときおり日の光を反射してきらりと輝くものがあちこちに見えたが、街の上にわだかまる靄は濃くなり、灰色がかり、黒い雲も、すこしずつ押出していくようだった。朽ちかけた木のベンチに坐りついた腰が冷えてきた。それでも目が、宙に漂う花びらをぼんやりと追う心地を思出していた。

ひとひら、睡気を誘って流れていく。気がつくとまたひとひら、またひとひらと目を惹き寄せて、数を増していくが、樹全体としてはまだ散るけしきもなく、満開の飽和感だけがある。咲ききわまった花の色がしかし、その上にもうひときわ桜色になり、花芯のひとつひとつが、ひらいた目のように見えてくる。

うつろはんとや色かはりゆく、とはこの飽和の、縁を溢れ出んとする境の、この静まりのことか。花なんてものは、あなた、あってなきものでして、と息苦しさを紛らわす、悟ったような声が、こころもち上ずって聞えてきた。あれは無限から無限へ渡る時の大流が、ほんのしばし堰きとめられ、空へあげる飛沫で、咲き静まっているようでも、内では刻々動いていて、動きだけで実体はないようなもので、いえ、花はおろか、だいたい樹そのものからしてが、百年二百年の古木老木だろうが、幹が瘤々《こぶこぶ》に節くれていようが、大枝をひろく張っていようが、これもちょっと高くあがった波ぐらいのもので、その波頭に白く煙る飛沫が花で、つかのまのまたつかのま、これこそ精華といいますか、しかもその中で時の大流がいささかながら傾くのだから、生身の人間には花の咲ききわまって散りかかるところなぞ、ほんとうのところ、直視できるわけはない、なんだかんだと惜んで躁いでますが、まともに眺めきった者なぞ、あなた、ひとりもいやしません、ひとりも……酒喰らって莫迦躁ぎするほうが罪はないんで、花の気に触れて心の底が静かに狂いおって、歌に舞いに、火つけに殺しに軍《いくさ》、なにも花が散るのを見て軍に踏み切るわけでもないんでしょうけど……。

それでもやがて一斉に散りはじめると、風も地もたちまち白く、人の身の内も白く、四方の山に散り眠りのうちに散り、野も心もはるばると、一面にうかされて、花になっていく。飢餓悪疫の上に降りかかり、流血の上を覆い隠し、散りかう光に叫喚すら桜色に染まり、恐怖も桜色、気の狂うのものどかで、今日もよくよく閑があるのか、花をかざして謀《はか》りごとに耽ける顔があり、やがて幕の外では物の具ひっつかみ、目の色を変えて、一身の執念のごとく、手前にかかわりもない殺戮へ駆け出していく男どもの熱狂も見える。

そのまましかし、うつろわない。散りかい散りまがい、嵐になりかけて、流れが滞った。遠く近くにあがる火の手も阿鼻叫喚もそのまま凍りついた。地面から落花の光に翳もなく照らし出された下ぶくれの顔が、眉をひそめ目を剝き、悪相をあらわしたまま、眠ったように動かない。赤い目をして殺到する男どもは、目標を見失い、敵は何か義は何か、すでに殺してきたのか、これから殺すのか、それさえおぼろになり、やがてやはり睡たくなり、わずかに恐怖を喰いしばり、はてしもなくただ駆けつづける。

それら、動きの停まった狂躁を遠くに聞いて、野の中に深く埋もれた泉があり、どこに咲いているのか、満開の花を一枝水に映している。ああ、静かだ、とことさらに、静かさの恐怖を紛らわすためにつぶやいて眺めるうちに、この花ばかりがわずかにうつろいはじめ、色をほんのりと深めて照りまさり、やがて花の中から顔がひとつ、男か女か、苦悶の名残りにふくれあがった眼球に瞼をゆるくおろし、唇をゆるくひらいて歯をのぞかせ、かすかに笑って浮び出た。

なかばまで笑い、刻々と死相を深めながらひと声、美しいとつぶやかれるのを待っている。つぶやきを合図に、笑いの残りをひろげて、最後の苦悶をあらわし、死顔となって凝《こ》り、その静かさを中心に、あたりの狂乱をまた解き放とうと、無言のうちに感歎の声を求めている……。

睡気を払わなくては、と焦りが満ちてきた。花などはどこにも咲いていない。散るわけもない。これは枯木の花見、花見は枯木にかぎる。そうつぶやいて、睡気はまだ重たく、日はすっかり翳って蒼い光が地のおもてに漂い、風の近づきに耳を澄ました。

いつのまにか、盛り土の跡もかすかな、塚を見つめていた。あたりに灰色の草の原がひろがり、遠くの山もとに蜃気楼に似た、団地の群れが聳えた。

ことさら恨むこともないが、とつぶやきがまたしばらくして洩れた。意味もない口癖にすぎなかったが、眉をほどいて背を促されるままに野辺へ歩き出す姿が浮んで、それに応えて草が一斉にかすかに揺らぎ、長いことかかって一方へゆるやかになびき、かるいうねりを打ち、ふいにざわざわと乱れて葉の裏を返したかと思うと、風が堰を切ってはるばると渡り、身体の芯をふっと吹き抜ける感じがあり、花がまた散りはじめた。

ひとひらひとひら枝を離れて、空へゆっくりと舞いあがり、枯木を剝き出しにしていくにつれ、風はまた冷たさを増し、花びらを掬いあげて尾根の方へ運び、松の緑の上にふわりと斜めに吹きかけると、枝はみるみる白くなり、もはや花のにおいではなく、霜となって葉ごとに凍りつき、冴々とさびた色に照り出した。桜の木の下から老人がむっくりと起きあがり、こわばった腰を伸べて、寒風に吹かれる枯枝を赤くただれた目で仰いで鼻水を啜り、花の影よりあけそめて、白らむは花の影、苦悶の跡もなし、などと顫える洞《うつ》ろ声でうたいながら首はやましげに垂れ、腰はまた屈まり、それでもまだ落花を浴びる背つきを見せてうつらうつらと、堂のほうへ遠ざかりかけ、ちょっとお道化たしぐさを見せて、枯木の陰に掻き消された。

腰をベンチからあげると、背は冷えきり、膝の内に衰弱感があった。坐りこむ前と、まるで風のひと吹き分だけ、年が更けた心地がした。帰り道が心細くなった。途中車にもバスにも拾いあげてもらえないとなると電車の駅まで歩かなくてはならない。それはかまわないが、歩くほどに道ははてしもなくなり、記憶が薄れる、というようなことはありはしないか。いっそ風が身体《からだ》ごと吹き飛ばして、どこでもいいから、知らぬ町かどあたりにぽとりと零《こぼ》してくれないものか。

蒸発というのはまず出奔するのではなく、通い馴れた道の上でふいに徒労感がきわまって、居所がおぼろになる、その時から始まるとか。

大山崎という駅の、がらんとしたホームに立って、鉄道に寄り添って走る四車線の道路と、そのむこうに殺風景に薄汚れてひろがる河川敷の、まだ冬枯れの葦に囲まれた水を眺めていた。曇り空の光を溜めて流れるともなく、しかし視線をおのずと遠くへ誘うその先に、都会の排気に麓から霞んで、雪をまだかぶっているような、灰色の山なみが見えた。次の駅は水無瀬とある。寂《さ》びたと言えばなるほど寂びた眺めだ。排気の靄もやはり、土地と季節の力を受けているとすれば、春先には昔の霞の立ち方に従って立つものか。今年の梅は咲いたとたんに寒気に封じられて、造花みたいに厚ぼったく、匂いは薄いままに、いつまでもつやつやと褪せずにいて気色が悪い。

地図ではすぐ向う岸の石清水へ渡ろうと駅前から車を拾うと、車はどこまでも川をさかのぼり、名神高速の下をくぐり新幹線をくぐり、まわりにまわってやっと橋をひとつ越えた中洲らしいところで暮れ方の渋滞にとらえられた。前後を巨大なダンプカーに挟まれ、傷みのひどい路面を眺め、地図を思い浮べて、三島江に芥川、交野に天の川に右馬頭の翁、たえて桜のなかりせば、新幹線に天王山、このあたりが美豆《みつ》の牧か、淀はどちらだ、このあたりの家賃の相場はどうか、などと呆れているうちに方角さえおぼつかなくなった。

男山の上までたどりつくと空は黒雲におおわれ、雨もよいに暮れかけていた。風の冷たさに追われて本殿の前を早々に降り、どこか酒を呑ませるところまで、石段を駆けくだろうとすると、その降り口の手前、参道に沿って寄進者の名を刻まれた石の柱の列の、これも玉垣と呼ぶのか、そのはずれの角につながれて、見すぼらしい葦毛の馬がいた。足も短く首も短く尻も鈍く、毛づやがひどく悪くて、よく見れば立っているのがやっとに老いぼれている。首を低く垂れ、石の柱に鼻面を、額から口の先までひたとすりつけているのが目を惹いた。さすがに人の近づきを感じて、腹をよわよわしく揺すり、後肢を斜めに送って身の向きをわずかに変えたが、鼻面は同じ石の柱の、もう根もとのほうに近いひと所に押しつけたままでいた。目は石のすぐ傍にもうろうと、しかしどこか頑なに見ひらかれ、全存在が鼻面から、ここを一途に石にかかっていた。後肢のかすかな動きは、人を避けているらしい。

厩の前では作業服の男が湿った敷き藁を掻き出して、甲斐もない雨風にさらしていた。神馬らしい。死期も近い。

厭なものを見た、と目をそむけて石段を駆け降り、見晴らしのきく場所まで来て、新興の家々が旺盛にひしめいて山もとまで寄せ、その間に埋もれて、曲りくねる河水のところどころどんよりと光るのを眺めやるうちに、あの馬、石の柱を相手に世界を拒んでいたな、石の感触に宇宙を込めて鼻面で慕っていた、と感歎の念がひろがり、遠くの家並が蒼白く煙り、雨が降り出した。

肱笠の　肱笠の

男は傘を持たず、それほど濡れてもいなかった。発車まぎわの電車に乗りこんできて、だいぶ草臥《くたび》れた様子で、ひとつだけ残った空席へ戸口から心細げな目をやり、そのままそちらへ足を運んでいれば坐れたはずの間合いだったが、ふっと息を抜いて、両手を垂れて立ちつくすようにした。その前を女がゆっくりと、うつむいて通り過ぎた。

宵に入って雨がまたはげしくなっていた。人の引きも普段よりは早かったようで、まだ九時すぎに、車内はよほど閑散としていた。男の年齢は三十代の後半か、四十にかかったか、女に先を越されてあらわな落胆の色が肩に見えた。中肉やや小柄で、顔つやは悪くて浮腫《むくみ》のきざしがあり、髪は脂気が失せて身なりのほうもよれよれで、失業中か、それとも賭事の話に目がようやく赤く光るほうか、女をぼんやりと見送り、わが身の間抜けさに忿懣やるかたもなく、いっそう疲れのまさった顔をいったんは、控え目な足取りで空席へ向かう後姿からそむけかけたが、いきなりふわりと、見えぬ力に掬《すく》いあげられたふうに女のほうへ進み出た。

あなたまかせの、あいまいな小足がそれでも音を立てず、ひたひたっと進んで女の背後まで迫り、目は憎しみにゆらめき、それでいていじめられた小児のようにつぶらに潤んで、睡気を思わせる薄膜がかかり、片手を胴巻きらしいところへ入れて、女の脇へさらに身をすり寄せようとすると間一髪、女はけはいに勘づいたともなく腕をすぼめてみぞおちをひき、ほとんどもう男の胸の内で小さく向きを変えてひっそりと、まるでつらい水の中へ裸体を沈めるように、空席へ腰をおろした。うつむけた眉のあたりに完全に無防備な、放心の白さがあらわれていた。

ひと声甲高く、鳥の空音《そらね》が耳の奥であがった。

男はしかしかえって目標をはぐらかされてか、女の前をひとりつんのめり五、六歩行きすぎてから、腹に入れた手に力をこめなおして、こちらも一度に白っぽくなった顔を怪訝そうに振り向け、深くうつむきこむ女を睨みつけて、目の内がまたゆらめきかけたがすぐに濁り、肩をそびやかし、憤然とした大股の歩みとなって長い車輛を抜け、ちょうど着いた駅のホームへふらりと降りた。電車が走り出すとホームの先のほうの、改札口もなければ屋根も尽きた暗がりを、肱で頭の上をおおって、剽軽に首をすくめ、怯えたような薄笑いを浮べて行く横顔がつかのま見えた。

乗客たちは終始気がついていなかった。男の後姿をしばし眺めやった者すら、周囲を見渡したかぎり、一人もいなかった。考えてみればものの十秒足らずの現実の破れ目、いや、結局は何事も起らなかった。女はひきつづき、男が去ったのを知っているのかいないのか、追いつめられた瞬間の放心を抱えこんでいた。もしもあのとき、身を沈める呼吸がもうひとつ遅れていたら、男のほうへちらりとでも目をやっていたら……幽明の境《さかい》と、日頃は口馴れぬ言葉がぽっかり浮び、鳥の声がまたけたたましく起った。三つ目の駅で女は静かさを崩さずに立ちあがり、物腰の落着きを見れば三十は越しているようで、背が自然に張りつめているところは独り立ちの暮しらしく、ホームに降りるとあたりを見まわしもせず、すっきりとした足取りでわずかな人の流れのあとについた。

感心して見送るうちに後姿は隠れて、かわりに雨の音が車内に押入り、隅々まで重く満ちて、扉が閉じて走り出したあともざわめきつづけた。さっきからこの音に乗客たちは知らずに耳を聾されていた、あの男も聾されていた。あの女の耳だけがひらいて澄んでいたように思えた。

窓の外に目をやると雨あしに家の燈を掻き消されて町は思いのほか暗く、山の根もとを行く心地さえして、やがて雨の音の至るところから、鳥の空音が響き出しかけた。

宵に鳥の音盤《レコード》を持って友人が訪れたのはひと月ほど前のことだった。さっそくステレオにかけてみると、戸棚の上のスピーカーから囀り出すたびに、一緒に聞いていた子供たちが笑いこけた。なるほど、いきなり囀り出すとたちまち佳境に入って場所《ところ》かまわず鳴きつのる。誰ちゃんの家の九官鳥そっくり、と下の娘が鶯の声をからかった。窓の外ではこの時刻に、隣の試験農場で飼っている食肉鳥どもが、ほろほろ鳥だと聞いたと子供たちは言うが、ぎやっこぎやっこと騒いでいた。

ほととぎすの声を聞いたことがあるかどうか。そのことがこの友人と、酒場《かし》を変える車の中で話題になったものだ。女の話の最中になぜそんなことをたずね出したのかわからない。何度も聞いたような気がしているけれど実際には一度もないんだろうね、そういう偽記憶はあるもので、と答えると友人は、自分にも記憶はないが、実際には聞いているのではないか、と逆のほうへ疑った。言われて若い頃の登山のことを思った。背の荷が苦しくなるにつれて鳥たちの声が耳についた。膝つけ尻つけ、倒れてころがれ、死ね死ね、と唄っていた。しかしテッペンカケタカと、そんな素頓狂な叫びには、からかわれた覚えもない。

ところが音盤から響き出ると、ひと声で覚えが蘇った。どこの山、どこの谷ということもない。とにかく急な登りに死ぬ思いをしている。そして肉体苦のあまり、歯を喰いしばりながら、狂躁が起りかけている。その中へ、谷のむこうから、呼びかける声がある。みずから躁の色に染まり、苦痛をさらに掻き立てて甲高く叫びつのり、しかも狂ったように、長閑《のどか》なのだ。

子供たちは笑いくたびれた。しかし何だね、と友人も苦笑した、これを夜中にひとりで聞いているところを想像すると妖しいものがあるね。その感想に内心思わず、どぎまぎとさせられた。

二日目の夜中にはたして、いったん床に就いたのがむっくり起き出して、例の音盤をまわしはじめた。ひと声立ったところで家の者の眠りを憚って音量を絞り、何といっても空間の奥行きのとぼしい再生音にそれでも耳を遠く傾けるうちに、家の棟の脇の一本道を午前帰りの足音が近づいて、やがて窓の下にかかり歩みが段々にゆるまるように感じられ、つい気おくれがしてスイッチを切ってしまった。まさかと思ったが、もしもつかのまでも立ち止まらせ、首をかしげさせたとしたら、いくら何でも罪なような気がしたものだ。しかし鳴き出しかけて消された最後のひと声が、空音となって耳に残った。

それ以来、ときおりわけもなく耳を澄ます癖がついた。耳を澄ますと、日ごろ聞えぬ声がさまざま聞える。いや、そうではなかった。むしろ聞えているはずの声がどれも、ほんとうには聞えていない。一点ずつは分明なのだがたがいに表情がとぼしく、あいだに深い沈黙があって揺がしがたく、聞えながらの聾啞の心地すらした。とくに物を喰う最中に、なにがなしに耳を澄ますと、無音がおもむろに降りかかり、それを紛らわそうと口をひしひしと動かす自分の、うつろにこもった目つきが自分でも見えるようで、やがて沈黙が全体としてわずかずつ傾きかかり、長い反りを見せて、いまにも雪崩をうちそうな、狂躁の予感がいよいよ静かに迫り、その中で耳に入る声のすべてが、嵐の中で囀る鳥の声に劣らず、恣意のものと感じられた。

無音の切迫感が眉をしかめさせるところまでつのると、指を曲げてテーブルの端などをそっと叩いて、我に返した。家の者の前でひどい険相をあらわしていた。耳をいたずらに澄ますことは険呑なことだとそのつど戒めた。

ほととぎすの声こそ、恣意のまた恣意だった。幻聴として驚かすのでもない。ただときたま夜中の雨やら、車の往来やら、ほろほろ鳥どもの寝惚けやら、さまざまの音をふくんでついと深くなる沈黙の、はるか遠くに、雲間のほの白さのような、けたたましい恣意をはらむ空虚の感触があって耳を惹き寄せる。その吸引力が声を思わせる。聞くのではない、狂ってはいない。しかしはるばると耳を澄ませて、山を浮べ、谷を浮べ、渡りを思い、濡れねずみのにおいを思い、むなしく張りつめた聴覚をたぐり返して近間にやると、窓の張出しに雨のあたる、水にタイヤの滑る、ほろほろどものたるんだ喉をふるわせる、あらゆる物音のうちに鋭い鳴き出しのけはいがひそんでいる。

棟の上あたりをいつまでも去らない。近くまで探りあてていながら、まだ迷っている。あいまいに遠ざかってはまたもどってくる。

ひと寝入りして目をさまし、ひと声と聞いた覚えはなしに、誰かが居間でひそかに音盤をまわしているのではないかと、夢心地に疑うこともあった。そんな奇怪なことを家の者がするわけもなく、思い浮べていたのはやはり自身の姿だった。音盤をこれからステレオにかけようとしていた。埃をていねいに拭き取り、この湿っぽい夜にスプレーまで吹きつけ、両手で目の高さに支えて、窓の薄あかりに表面を透かし見ている。なんという悪相だ、と床の中では負けずひどい面《つら》が眉をひそめていた。

狂った男が女子供四人を庖丁で刺し殺した、白昼路上の惨事が伝えられたときには、すでに予知していた出来事のごとく感じられた。捕えられた犯人が口に手拭をかまされズボンをずりさげられて、群衆の前へ引き出されるのをテレビで見るまでは、電車の中の男の顔を浮べていた。興奮しきった目にやはり、睡気に似た薄膜がかかっていた。人をあやめておきながら、苦しい、苦しかった、とどこか遠くで叫ぶような……。

家の者たちといたましげな顔を並べて眺めていた。それから夜更けに家の者が寝床にひきあげたあと一人また最終ニュースの前に坐りこんで、音声をすっかり消し、寸分違わぬ逮捕騒ぎをつくづくと、太い腕組みなどをして、仕舞いのCMの無音の狂躁まで眺めてスイッチを切り、叫びも呻きも恣意の感じを破らない、あれなら、殺せるな、と気味の悪いようなことをつぶやいて床に就くと、男の去ったあともうつむきこんでいた女の、放心の白さが目の奥について、雨の音を分けて電車はどこまでも走り、暗い谷にほのかな水が光って、渡りを遠み　泉川、と間伸びのした声が向岸からあがり、こちらもゆるゆると身悶えして、からくれなゐの　むつまじきかな、とおかしな譫言が鈍く渦巻きかけ、傘の雫の流れる床越しに、目はやらず、身じろぎもせぬ女にむかって話しかけていた。

あぶなかったぞ、生きた心地はしているか。今頃はほれ、その辺の床で血にまみれているところだった。膝を折ってうなだれたな、腰をひいた、あれは誘い寄せる。あれは、小さな女の子の姿だ。暮れ方に道端などに立つでもなく屈むでもなく、大人ならとても長くはつづかない中途半端な恰好をして、いつまでもぼけっとしているだろう。幼い影の前で、獣ならば、攻撃衝動にブレイキが自動的にかかるそうな。狂った人間は逆に吸い寄せられる。すぐそばまで音も立てず乱れも見せず寄ってきたな。その瞬間に踏み入るまではおそらく、何も思っていなかった。ひと突きで確実に、血も迸らぬみたいに、刺して通り過ぎる。狂乱ですらない。狂乱の果てならば、追いつめられた相手からすざまじい力の、空気が撥ねかえってくるからな、たとえ相手が無抵抗でも、その力の場に触れて切先が乱れる、だんだんに凄惨になる。ところがお前の姿からは、叫喚の前触れさえ迫ってこなかった……しかしあの放心のおかげで、すくみこみもせず、男の前からすっと身を沈めることができたわけだ。その瞬間へ身をゆだねるようにして、その瞬間の前から消えてしまった。そのままうつむきこんでいるが、生きた心地はあるのかないのか、あの惨事はどこに呑みこまれた、殺された女はどこへ行った、遠くでやけに鳴いているじゃないか、おい、ひょっとしてあれは……

——あれは、殺されたので、鳴いているのか。

——殺された者は、鳴くものですか。

——ふむ、殺したから、鳴くのか。

——いまさら、何を訴えるつもりやら。黙っていればいいのに。

——いったい、誰に呼びかけているんだ。

——さあて。あなたの背中で、呼びかわしているようですよ。ほら、負ひし子の　口まねするや……


ほととぎすさ、いまどきそんな風流なものを聞ける里はないものか、と翌日友人に電話をしていた。酒屋に三里　豆腐屋に五里　田楽喰わんほととぎす、と友人は困って唄うようにしていたが、数日して折返し電話があって、この時期なら叡山だ、夜明けに外へ出ればなんぼでも聞けるそうな、やはり叡山だ、ともう一度つぶやいてふふと笑った。

窓の外の山の闇の、南へ伸びる尾根をひとうねりふたうねりくだったあたりに、台状の地形をあらわして、分譲団地の燈が縦横整然と四角に並び、右手前端からようやく列を乱して、ひしめきながら枝尾根を伝って谷へ押出し、やがてまばらになり闇に溺れるその彼方に、雨烟を透して京の街のひろがりが赤く浮んだ。

一年半前の冬にはとっさに山中の霊園と見て、だんだんに心乱れて谷へくだる、あるいは谷をよろぼい登って山の上に落着きしずまる、火の群れと眺めたものだが、今はそれどころじゃない、しぶとい暮しの表情をしている。その間に入居もふえたか、年月を積めば家の燈もおのずと強くなるものか、それともあれはすでにこちらの、発熱の兆しだったか。

とにかく魂がいささか、柄にもなく、身から離れかけた宿である。恍惚とうなされて目をさましたあの朝、雪あかりの中で、真白けになった額にきつい皺を寄せて、衣服を一枚ずつ慎重に、その手続きの正しさに記憶の連続がかかっているかのように、身に着けていった。物を言ってはならない、独り言をすこしでも洩らしてはならないと戒めた。あの静かさの始末はどうなったか。あれから、無言どころか、独り言を喋りまくりながら、身体のほうはよほど頑健になった。そうやすやすと魂をあくがれ出させるものではない。耳だけがいくらか冴えて、それに苦しんで、また柄にもない、雨夜に鳥の声などを待っている。

晴れ間の小路で通りがかりの中年男が下校中の小学生を、すれ違いざまに傘で殴りつけて去った。泣き声に驚いて近所から人が出てみると、子供の額からは血が噴き出して、そばで連れの子がおろおろしている。その子から話を聞いて度胸のいいのが自転車に飛び乗って、それらしい男の後姿を追ったが表通りで見失った。真昼間からおそろしい世の中になったものだ、といったんは報じられたところが、これがまぼろし、幻の通り魔とわかった。上級生の子が傘を振りまわして遊んでいるうちにその先が近くにいた子にあたった、というのが事実らしく、動顚した連れの子が、たまたますぐ脇をすり抜けた中年男の仕業と思いこんだ、とニュースはそう説明していたが……。

あれは妙だぞ、と雨の夜へ開けはなった窓の前に両足をのせて、椅子に深くもたれこみ、重ねた手を腹の上にゆるりと置いて声待ちの姿勢を取りながら、また思いを逸らされた。子供は何を見た。その中年男はどんな顔をして、そばをすり抜けた。背後で指をさすけはいに思わず逃げ足になった、人通りに紛れてから自身いささか通り魔の心地がしたか。どこへ行った。

そもそも通りがかりの中年男など、いなかったのではないか。しかも子供の言ったことにも嘘はなくて、火のついたような泣き声に怯えて、遅ればせに、見るものを見た。それにしても、それらしい影はどこへ行った。

雨はまた降りをましたようで、窓の上に長く突き出た庇から樋を伝う水の音がやかましく、夕飯の酒の酔いが疲れとともにまわって耳の奥が浮いて冴えかえり、これでは遠くでひと声鳴いても幻ほどにも聞き取れそうにもない。しかし声のなごりは、空音ではなくて、耳にまだくっきりとついていた。

山上に着いて早々に、あっさり鳴いてくれた。鎌の翼をした燕の翔ける霧の中をほかに客もないゴンドラに運ばれ、鋼索の音の中からすでに耳を宙へあずけながら四明嶽に着いて、展望台の裏手の道を行くあいだ、まず北側の谷の杉むらへどれだけ耳を澄ませたことか。それだけでもう疲れはて、神経の顫えさえ覚えて、やがて店小屋の並ぶ広い駐車場に出るとひとまずあきらめ、おおよそ根本中堂の方角へ見当をつけてくだりはじめ、歩行禁止の有料道路と気がついたが返すのも面倒で、鞄を肩に、傘を杖に霧雨の中をすたすたと行くうちにだしぬけに背後でひと声——いや、声は右手の谷からとわかったが、声の中を通り過ぎてからはっと我に返ったみたいに、足を止めて背に神経を集めた。ふた声とは聞かせぬとはこのことかと、つかのま切羽づまった静かさの中で立ちつくすと、またあっさりひと声、またひと声、鳴きやまなくなった。安堵して急に可笑しくなったものだ。

これはまたなんと無細工な鳴き方だ。喉の内でひしゃげたみたいな声ではないか。テッペンというよりはホッチョと、思わず抑えぎみに鳴き出して、おのれの調子っぱずれにたじろぎかけるのを、勢つけてやみくもに、カ・ケ・タ・カと張りあげるが節にもならない。義父《おやじ》の鶯の唄を真似ようと、図体ばかりでかい不肖の音痴が、ホッチョとまず詰まり、あわててカケタカと、音節ひとつよけいに吃ってしまう。そしてまた失敗《しくじ》ったかとばかり、気落ちした間をやや置いて、キョキョと尻さがりにぼやく。ホケキョの頭の、ホと抜くべきところを、カと喉にかけてしまうので、あとは吃るのも是非もない。それでもすぐに気を取りなおしてまた試るところなどはひたむきで、巧まず剽軽なぐらいで、たどたどしく、それなりに語りつのっている。子が口真似をするはずだ。

しかし見おろせば、深い谷をたった一羽の声が領している。あちこちで囀る鳥どもよりもむしろ低い声がはるかに広い輪をひろげ、地形に添って、地形を深める。やがてすこしずつ左のほうへ移って跡切れ、こちらも道路を伝って尾根を横切り別の谷の領分に入った。眼下に今夜の宿が見えた。窓の内から男が山のほうへ耳を張りつめて、ほのかな声のけはいと、空音との境目に苦しんでいる。それきり鳴かなくなった。しかし聞き耳はすでに空虚ではなかった。

そのまま根本中堂までくだり、客の消えた庭から杉の梢の暮色を仰いで、聞えもせぬのに耳に満足感を覚えて、奥方らしい女性の運転する迎えの車に乗って麓へ帰る僧侶たちや、世間話をしながらケーブルのほうへ向かう小母さんたちのひけどきを、やはり珍しげに耳を澄まして眺めやり、また歩行禁止の道を宿のほうへ向かった。

車の客はあらかた引いて閑散とした、ところどころガードレールの上に猿の居並ぶ舗装道路を、ちょうど霧の中から薄日さえ差し、あなたまかせにくだっていくあいだ、谷の遠くからギャアギャアと長い陰気な声が立つたびに前後を見わたし、もっと尾根の迫っていたはずの雪の道をとろりとろりと、すでに熱を出して魂が離れかけ、よろぼいの舞いを舞って登っていく姿を、探すようにして時間がややおぼろになり、立ちどまりかけてまた惰性にまかせるとき、帰ってきやがった——雪の中へ消えた痩男が初夏の山から太くなって、罪をまたつくって、ほとときすを待つなどとほざいて帰ってきやがった、その不逞の面《つら》つきが見える気がした。

宿の夕飯のときにも、待たれてもいなかったのが、食堂の前からまっすぐにくだる尾根の中腹あたりの、白い夕靄の中からひょいとひと声あがり、しばらく鳴きつづけた。これは御丁寧に、豪勢なことで、とはじめのうちは上機嫌にくつろいで飲み喰いしていた。ところが何のはずみやら、これはもう近頃習い性のようなもので、神経がわけもなくこわばって、顔がひとりでにけわしく、むつむつと喰いつのるふうになり、それにつれて鳴き声が尻あがりに、どこか嘲弄的に聞えてきて、穴の中からひょっこり面《つら》を差し出して呼ぶ、場所をあちこち変えるわけではないがモグラ退治のモグラのようなものを、声が立つごと思い浮べていた。こちらのよくよく知っているはずのことを、わざと言葉にせずに、誇張した口調だけを叫んでいる。喉を切られて言葉にならぬ真似をしている。その嘲弄のけはいだけが空に暮れ残って、雨がまた降り出し、声のやんだときには一面闇になっていた。椅子をそっととひいて卓から立つとき、闇の奥をもう一度眺めやり、杉の穂の陰から両の翼を剽軽らしくもたげてこちらをのぞく、嘴ではなくて、燥ぎに燥ぎ狂った人面を思った。

いつのまにか、開けはなした窓へ耳を澄ましたまま眠りこんだ。ときどき目をあけては、窓にくっきりと四角におさめられた闇を、聴覚の鮮明さのようにやすらかに眺めた。鳥の声はしなかったが、耳の奥の充実感はつづいて、樋の音を抜けてはるばるとひろがり山の深さ、静かさを聞いていた。

だいぶして目をさまし、こわばった足をそろそろとひき寄せて立ちあがり、部屋の中をしばらくうろついてから、冷ためのシャワーを長いことあびて、まだうつらうつらと、糊のきいた浴衣を湿った身体に着こんだ。妙に硬い恰好で床の上に仰向けになり、窓を閉めないと雨が吹きこむな、しかし閉めては聞えない、眠りすごしたら事だぞ、と眺めるうちにまた眠った。だんだんにひとつの方角へ聴覚を絞っていった。

長い眠りのあと——お堂のような古小屋の中に男たち、大人たちが五、六人籠っていた。もう夜明けに近く、燈も尽きて、闇に馴染んだ目が蒼く浮んでいた。空徳利が床にころがり、話し出す者もいない。あがり口の土間をねずみが這いまわり、雨がはげしくなった。しばらくして重立った一人が格子窓のほうへ目をやると、隙間からようよう夜が白みかけ、これで今夜もあらわれぬとなると大事《おおごと》だぞ、悪い兆候《しるし》だ、とつぶやく声に一同うなずいて、待つけはいが張りつめた。ほととぎす、ですか、と隅から新参者《もの》が這い出したが、見向きもされなかった。ほととぎすなら、宵の口に、あちらの谷で煩《うるさ》いほどに、とまたおずおずと話しかけると、静かに、と鋭く制する声があって一同格子のほうへ身を乗り出し、目つきが殺気走って、雨音の遠くにたしかに感触がふくらみ、静かさがきわまっていまにもひと声、血を吐くかと思ったら、鳥ではなくて人の足音が山側の笹を分けて、立ちどまり立ちどまり、押えた息をときおり太い喘ぎに洩らしながら、それでもふと安堵したふうに近づいてきた。音もなく土間に降りて戸の内に低く構えた男の手に手に、鎌やら鉈やら、荒縄やらが握られていた。殺してもいいのだろうな、ともう一度ささやかれた。

——肱笠《ひぢがさ》の　肱笠の　雨もや降らむ　郭公《したをさ》
雨やどり　笠やどり　やどりてまからむ　郭公《したをさ》
雨の中を電車はどこまでも走り、女はまだ額を深くうつむけていた。ほかの客は消えて、男はぽつんとひとり向かいの坐席から、そばに寄るのを妨げるものはもう何もない、と色めきながら足腰が立たず、気楽そうな鼻唄をうたっていた。
しかし女はようやく細い頤を揺すり、電車の揺れと紛らわしいほどのかそけさだが、髪のにおいが流れ寄り、暗い心あたりがあり、やがてしらじらと、哀しげな笑みを洩らした。男はふわりと腰を浮かし、女の怯えと自身の怯えと、甘いにおいを胸いっぱい吸いこんで息をつめ、目をつぶらに潤ませて、
——くれなゐの　くれなゐの　雨もや降らむ　郭公《したをさ》
笠暮れて　喉白う　膝白う　白う眠むらむ　郭公《したをさ》
近づきかけると、女はいかにもひとりきりの、なにやら凄惨な笑みをひろげて、迫りかかる気をふと逸らして遠くへ聞き耳を促す、そんな手つきを見せたかと思うと、男はすでに車内になくて、降りしきる雨の中を宙に浮んで、肱を頭にかぶり女の膝もとへころがりこむ腰つきのまま、うしろざまに吸いあげられ、山の上に吊りさげられ、肩の上へ短い翼をちょこんと張って喘ぐと、女は顔をあげ、深く蒼ざめていて、細く澄んでよく通る声でまわりに触れた。

——さあ、皆の衆、いま山を出ました。ほら、耳を澄まして。

言われるままに喉をしぼり、睡気の薄膜のかかるまで目を剝いて、嘴を赤く裂いたが、あがるのは頓狂な叫びばかりで、ただ女がいつのまにか地に倒れて悶えている、声のあがるたびに苦悶の色が濃くなるのが、いとも長閑に眺められた。

おい、起きろ、何を寝てるんだ、来たぞやって来たぞ、おびただしゅう鳴いているぞ、と友人の声に呼ばれて目をひらくと、窓から霧が吹きこんで、相変らず硬く横たわる身体の、額も襟も手足もしっとりと冷たく、樋の水がごぼごぼと陰気な笑いを立てて、雨の音があまねくおおいかぶさり、身も消えそうな聾啞感の中から、おもての闇に目をこらすと東の空がほのかな蒼みをふくんで、はるか谷のほうでたった一羽、やはりたどたどしく、いまにも言葉になりかけてはひしゃげて吃りながら、それでも山をおおう雨の中にそのつど声の領分をくっきりと張りひろげて、一心不乱に命《いのち》を鳴きつのっていた。

ひと声ごとに夜が白み、耳が静かさへほぐれ、やがて、門出だ門出だ、と聞えてきた。

——遠くの谷から、鯖をかついでやって来るか、迎えに出なくてはな。

鯖穢れる道に

　戒壇院の下を通り過ぎたとき、腹が鈍く差しこんで鯖の刺身、しめたのではなくて生のを、むかし喰ったことを思出した。もう十年になる。海辺の町の、鮨屋の親父にすすめられて、思わず聞き返したものだ。すこしでも鮮度の落ちたものは出さぬという。あたり前だ。すこしでも、ねまったのは、という言葉をつかわなかったろうか。

　トロにも負けぬ、とまだ若いのが鮨にして四つもたいらげて、初めてならあまり喰わんほうがいいと親父にとめられた。鯖の生き腐れなどという言葉を思い合わせて、よけいに美味かった。あとで腹の具合いは何ともなかったが、宿の床で、女と寝る夢を見た。冷たく湿った肌をゆるりゆるりと、長いあいだ、温みに馴染むまで押しつけあっていた。

　しかし、酢でしめると、どうしてあんな香になるのだろう、と腹の疼きをすこしずつ出し抜いて阿弥陀堂の前を過ぎた。生臭さはそのまま、一種植物性の、キク科のごとき芳香を発するではないか。死んだ母親が秋になるとときどき、午前中に魚屋から活きの良いのを仕入れてきて台所で三枚におろして塩につけていた。一日、家じゅうに鯖の香が漂った。ああいうことはほんとうは男の仕事で、女にやらせると、なれ加減がひと味、においも変ってくるのではないか、とそんな罰当りなことを考えながら、弁慶水とか立札のある、叡山《やま》の井《みずば》であったという、岩根の洞《ほら》の清水をのぞこうと、柵のところまで寄り、目をそむけて離れた。宿酔もさまざまで、動かぬ水を見るのがつらいときがある。夜明けに目をさましてもう一度あおった酒が今になってこたえた。雨は嘘のようにあがり、初夏の陽が照っていた。

鯖の味噌煮をよく喰わされた。子沢山の家には安い惣菜だ。馴れて嫌いではなかった。ところが、大学の食堂だったか、白っぽい味噌で煮つけたのを出されたときにはびっくりした。世にも穢《きたな》い、臭《くさ》い喰い物と感じたのは、習慣というものは身勝手なものだ。赤味噌の家で育った。赤味噌の鯖こそ、馴れぬ者が見たら、ぞっとしない喰い物ではないか。

有料道路《ハイウエイ》を橋の上から渡り、林の中の小堂をひと回りして、それにしても気分のあやういときに選りも選ってこんな、あやうい魚《うお》のことを考えるのはどういう自虐だ、と両側に大きな石燈籠の並ぶ坂道を、膝をたわめ身の上下の揺れを和らげてゆるりと下り、閑静な浄土院の、内には入らず塀の外を、本堂の棟の上でひょこひょこと目まぐるしく尾を振る鶺鴒に似た鳥を眺めやって通り抜け、林の中を登り道にかかり、一歩ずつ腹に力の入らぬよう足を踏みしめて、いつのまにか小さな尾根を回りこんだ。ひと気のない狭い谷の内にあり、林の湿気がひんやりと肌にあたって、差しこみがまたはじまり、口もとをゆるめ、歩みはとめずに疼きをやりすごしながら、せっぱづまったような、ひどくゆとりのあるような気持で、人と馴れるのを厭うくせに女と、肌を穢《な》れたがる、とあさってのことをつぶやいて、子細ありげにあたりを見渡したとたんにカケタカ　キヨキヨ、背後の尾根の、おそらくそのまた向うの谷から、声のきれはしが吹き越してきた。

——鯖にほふ　露もや降らむ
笠ぬれて　肌なれて　生きぐされ
喉白う　腹白う　白う眠らむ　郭公《したでをさ》

杉の大木に囲まれた釈迦堂の境内の隅にある、厠の中に屈みこんでいた。小屋のすぐ外の藪から起る風の中へはるばると、ひきつづき耳を澄ましていた。尾根を回りこんで浅い谷の底にくだるまで声は間遠ながら絶えなかった。ひと鳴きごとに、せつない感じを身体のうちに掻き立てたが、やがてまた登りにかかると、風に紛れて空耳のようになり、ときたまいくらか物狂おしく奔放になりかかり、木の間から赤い堂が見えてきたときにはすっかり止んでいた。左右に同じ宝形造りの、法華堂と常行堂だという、姿の良い双子の堂が真中から渡り廊下、高い橋につながれている、ありそうな工夫をいかにも不思議なもののように、右から左からぼんやりと目でたどっていた。法華三昧とか常行三昧とかいう。肉体の苦痛がおさまっているということはそれだけで何という至福、何という恍惚であることかと、まだすっかりおさまりきってはいないけはいなのに、冷たく汗ばんだ肌を風にあずけて息をついた。橋の下をくぐり、そのまま長い石段をまっすぐ、白い庭に立つ入母屋造りの大屋根の、釈迦堂の正面に向かってくだって行った。くだるほどに庭がいよいよ白く照り、屋根の端の反《そ》りの、重さが身体にじかにこたえてきた。あの鳥め、次は前から鳴き出すか、後ろから襲うか、とふっと歯を喰いしばって構える気持になり、苦笑させられて、緊張がゆるんだ。下に着いたらしずしずと、階を昇って縁にあがり、端のほうの大柱のもとに膝を揃えてかしこまり、まことにおそれいりますが、お参りの前に、炎天に困じはてておりますので、お手洗をひとつ、とでも切り出すか。

荷物は、あの隅の日陰に置かせていただきました。中身は、はい、おそれいります、鯖でございまして、若狭からはるばる谷づたいに参りましたが、どこでどう道を間違えましたことか、このような清浄なお山に迷い登りまして、もうそろそろ良いナレ加減になりかけておりますのに、峠のあたりで迎えの者が待っておりますだろうに、まだこんなところでまごついております。はい、谷でほととぎすがしきりに呼びますのに、耳をあずけて歩くうちに、なにやら気が遠くなりましたようで……いえ、ここ数日は女に触れておりませんで。

釈迦堂まで行ってたずねずともすぐに見つかったのはさいわいだった。かほどの大寺に厠がないわけはない、といかめしく我身に言い聞かせたのはおかしかった。ないとすればこれこそ、仏つくって魂入れずのたぐいだ、と追いつめられたときにもけっこう浮《うわ》ついた冗談は口走るものだ。

しかし厠というところは、もしも自分に記憶が失せるようなことがあるとすれば、厠で失せるにちがいない。ここには年月もない、場所もない、親も女房も子もない、有縁無縁もない、ひょっとして生者死者もないのかもしれない。扉を閉めて、いとも日常的な、しかつめらしい顔つきで屈みこみ、しばし無念無想になり、それから扉をあけてふらりと、入ったときと別のあんばいの時間の中へ出てしまう、大事な記憶の紛れたのも知らずに去る、ということは、ありそうなことではないか。

そんなことを思いながら、ひきつづきひっそりと、待つことありげに、厠の脇を渡る風に沿って遠くへ耳をやっていた。鳴き出しを予感してはいなかった。むしろ鳴かぬ静かさの、感触を探るようにしていた。どこやら深い谷の、この厠とちょうど同じぐらいの高さの尾根に、杉の梢の葉むらになかば隠れて一羽、嘴を低く谷へ突き出し、尾をひょいと撥ねあげ、目を尖らせて、叫ぶばかりの恰好で、ただ風に揺られている。

ホッチョ　ナレタカ　クサレタカ　キヨキヨ　ネタカネタカ。

黒谷にいた。長い尾根に沿って、麓に見える家並みは小野だか坂本だか、風の中から法師がひとり降りてくる姿は里人の目にどう映ったものかと眺めやって長々とくだり、さらに細い石段をまっすぐに林の底まで沈んだが、ひと声も鳴かなかった。風の中で幾度か立ちどまり、魂でも抜け出しそうなまで、深く耳を澄ました。

同じ道を引き返して釈迦堂から双子の堂、さきほどの谷でも鳴かず、浄土院の前の坂を登って橋を渡り、阿弥陀堂の近くまで来た頃にようやくひと声、背後から呼びとめた。いましがた越してきた道路のすぐ向う岸の尾根からで、たまさか通りすがりの声かと思ったら、車の走るあいまあいまにたえだえに、それでもしばらく鳴いていた。曖昧に遠ざかってやがて北のほうへ消えた。耳に染みついた沈黙が、現実に鳴く声にすこしも揺すられなかった。仮りの声と聞いていた。

すでに山上の観光客の賑わいの中にいた。新造の東塔の階に坐って、湖水の輝きに目を細め、無動寺の谷から麓の、唐崎の見当を探っていた。山を離れてあの湖辺まで、キヨキヨキヨと幾声ほどで渡るものか、などと考えた。大きな醜怪な鳥を思い浮べていた。

坂本へ下るケーブルの中で、近間の講の連中らしい年配の女たちに混って、顔のくたびれようからすればあれで四十ぐらいか、ひょろ長い優男《やさおとこ》がひとりでひっきりなしに喋っていた。易のほうに詳しいようで、女たちから相談を引き出して、あれやこれや熱心に戒めていたが、ほどほどにあしらわれていた。相手にされない分だけ、勝手に燥ぎたてる。うるさがられているのに気づいているのかいないのか、目つきのちょっと物狂おしい、さびしげな男だ。働き盛りの、平日の昼日中に、女たちの同好の集まりにもよくこういうさわがしい、もう若くはない、用なしのお調子男《もん》がくっついているものだ。山の下の駅の改札口を出て、ゆるゆると散ろうとする女たちにまつわりつき、いよいよ佳境に入って講釈しようとするところを、それとなく揃ってそっぽを向かれ、ちょっと変な顔をしたが、それでも元気の良い、忙しげな大股な歩みでひとり帰って行った。

奥にこんもりと黒い山を盛った、大鳥居をちらりと眺めて通り過ぎ、炎天下の長い石垣に沿って、ほんとうのところしっかりした目的があるわけでもなく、鳥の声を追うにしてもどうも見当違いのほうへ向かっているようなのに、なかなか仕事ありげな、はりきった足取りで古い町をまっすぐに抜け、すでに西へ傾いた日にあかあかと、殺風景に照らされた新開の駅の、高架線のホームにあがってようやく一人きりの、面目ないような心地になり、しかつめらしい顔をして、北へ向かう電車を待った。

雄琴という駅名が見えて出張社員風の男たちが立派な鞄を提げて降りていく。このあたりから仰木という土地に出て、谷から尾根へあがり、横川に入る道路がある。途中、古い骨の数知れず掘り出されるところがあるとか聞いた。見あげると叡山が、背後へ回りかけた日に炙られて、黒い一塊の影に蟠りはじめていた。山が動《とよ》めいて、このあたりまで通う鳥はあるだろうか。

堅田、和邇《わに》を過ぎた。近くに小野、真野などという土地がある。入江には細かい白波が立ち、山の手のほうに片寄って、新興住宅がかなりたてこんでいた。やがて比良の尾根すじを未練らしく目でたどっていた。あそこまで登ればいくらでも声に逢えそうなものを、むざむざと運ばれていく。しかし山の中では聞くほどに際限がない、里で聞かなくてはならない、里ならひと声で決まる。

湖上にヨットが横倒しに漂うのが見えて舞子を過ぎ、入江の蘆の繁みに白壁がのぞいて、古い瓦屋根の密集する高島の町に入り、さてこのまま今津、梅津、さらに山に深く分け入って敦賀の境、愛発《あらち》の関まで行って声を待つかとも考えたが、古寺に民家三軒の谷と聞けばいくら何でも酔狂で、日も暮れかかり、安曇《あど》川の駅で腰をあげた。

知りもせぬ駅前からバスに乗り西の山へ向かった。安曇川を溯り朽木《くつき》渓谷を越し朽木村に入る。足利将軍たちの再三逃げこんだ朽木氏の領だそうで、京都大原から花折峠を経て比良山系の西側の谷をまっすぐ北上、水坂峠から若狭小浜に至る脇街道上にあり、鳥の通う道にもあたるかもしれない。声を追って若狭まで出るも良し、叡山まで帰るも良し、と急に楽天的になり、高校生たちが停留所ごとに零《こぼ》れて車内が淋しくなっていく心にひたろうとしたが、この生徒たちがなかなか降りない、たそがれた山中に入り渓流を巻きはじめてもほぼ満員のままだった。

翌日の正午頃にはまだ安曇川の駅にいた。

昨夜は川添いの、道路端の宿に泊まった。食堂の二階のふた間だけの宿で、風呂は裏の戸から中庭を抜けて母屋で貰った。ほととぎすは、この辺では近頃めったに聞かぬという。よほど広い谷で山もさほど迫っていない。小鮎の塩焼で酒をはじめた頃には、山腹の寺で勤行の声が聞えて日は暮れきり、水の音と、ときどき疾駆して過ぎる車の音ばかりになった。南北から来る川が宿のやや下手でひと筋のように合わさって東へ流れ、土地の名を市場という。昔、若狭から来るのと、京から来るのと、ここで市が開かれたか。鯖の荷もここで交代したか。産物は材木でトラックにかわるまでは筏に組んで湖まで落したという。酒の終える頃に、蛍が飛ぶので降りてこいと呼ばれた。川岸の草の中で数はとぼしいがゆらゆらと舞っていた。かなり離れてもくっきりと見える。背をかすめて行く車の尾燈がやはり闇の中にしばらく遠近の知れぬ赤い点となって残った。床に就いてからも半時間おきぐらいに車の音に眠りをさまされた。遠くから耳につく一点の、甲高いざわめきが、なかなか近づかず、これはもう過ぎたあとの名残りかと思う頃、いきなりアクセルを踏んだようになだれこんできて、たちまち遠ざかり、川音のはてにかすかに漂い、それからふっと絶える。運転席の、白く静まった悪相がそのつど浮んだ。小浜あたりからこの道を、甲子園までナイターを見に行って夜のうちに駆けもどる車もあるという。負け試合《いくさ》の帰りもあるだろう。未明に釣竿を積んで一人で車を走らせる京阪の社長もあり、ここまで来て一日表へも出ずに宿で寝そべって、命の洗濯をしたと満足して帰る女客もあるが、近年おいおいに、山林に入って自殺する都会者があって、村の人間は厭な仕事もさせられる。音の消えたはずの遠くにいっそうかすかな、痛みのようなけはいが顫えて、幾度か声になりかけた。大の男が啜り泣いている。鳥は鳴かなかった。

窓が白んだのに気がついたときにも、ひとりでに耳を澄ましていた。張りつめたままで眠っていた。尾根の杉の穂が薄赤く染まると早やあちこちから狂ったみたいにツィチピイツィチピイと何鳥だか縄張りを告げはじめ、またとろりとするうちに車の往来も繁くなり、もう到着した釣人が宿の主人と話す声が軒先にして、朝飯のときにたずねると北に向かうバスはもう出て夕方近くまでないといわれた。安曇川の駅まで引き返すよりほかになくなり、それまで暇をつぶしに細長い町並みを抜け、こんな土地に戦前の百貨店の店構えのあるのを眺め、山際の田に降りて畦を伝い、逃亡の将軍を慰めたとかいう古寺の庭園跡をふらついたが、境内にいかめしく並ぶ戦没者の墓碑が暑気あたり気味の身にやがてこたえてきた。これも日本のうちか、とむかし徒歩で山越えの修学旅行のとき、峠から開けた琵琶湖の眺めに、そう叫んだ生徒がいたそうだ。谷の奥で育っても呼び出されて海の外まで連れて行かれる。行軍中に道端へうずくまりこんだが最期か。思わず暇を喰ってバス停まで炎天下を早足でもどる道でまた腹に鈍い疼きが始まった。冷いような汗を掻いてバスに乗りこむと、宿に傘を忘れてきたことに気がついた。京都の街で降られて買ったビニールの傘で、荷を預けられないときには杖がわりについていた。

翌々日の同じ時刻にまた同じ市場の宿《やど》にいた。階下の食堂の窓から雨の道路越しに、川岸の草の上へあがる釣竿の先を眺めていた。見え隠れにすこしずつ下流《しも》のほうへ移っていく。老人の釣りなので宿の主人はときどき岸まで出てのぞくようにしているという。水に足を取られやしないかしら、と無縁の者が一緒に心配して、竿が草の中に消えて久しくなると目を凝らしたりした。傘を取りに寄って、懐かしがられて珈琲を御馳走になっていた。

小浜から来ました、と答えたとき、額へそっと手をやる心地がした。むやみと谷を分けた土地だった、谷ごとに田がひらけ静かな村落がありやや深くに古寺があった、大日がいた千手がいた十一面もいた薬師もいた、とむきになって思い返した。どこか呪物の人形の面影を残す仏たちが多かった。顔を見つめて耳を澄ました。堂の背はたいてい鬱蒼とした山林だった。柱の虫喰いの跡を戯れにたどって、雨そそぐ鯖　たちばなに風すぎて、などと読んでみた。山の上からひと声でくっきりと領分を占められそうな、声の器《うつわ》のようなゆるやかな谷に、しかし一度も鳴かなかった。宿の前からひろがる湾に浮ぶ、小島の林の影にまで、声の渡りを思ったものだ。

なにかいいことがありましたか、と宿の主人にたずねられて苦笑させられた。言われるとなにやら肌が穢《な》れて臭《にお》うような気おくれがした。旅行も四日目になればこんなものだ。勝手に遊んでいれば心身がおのずからぐったりと、たがいに馴れあう。昨夜はすごすごと汽車で帰るつもりでいたのが、今朝になって雨の降るのを眺めるうちに、車《タクシー》で峠を越えて長い谷をまっすぐ叡山の麓まで返す気になった。だいぶの距離だが、たとえば急に女に逢いたくなって捨てるぐらいの金だ、とそんなことを思った。あきらめた頃になって矢も楯もたまらず、という情欲みたいなものはたしかにはたらいていたが、車が谷あいの民家を雨の底に沈めて山を這いあがりはじめたときには、埒もないことをすると呆れる心ばかりになった。忘れ物をそのままにしておかないことは、たとえ安物の傘でも、良いことだとなぐさめた。峠を下った部落の、ふとした町角みたいなところから本街道を離れて谷へ入っていく道路が一瞬、哀しいように見えた。一日おいて変な方角からまたひょっこり現われた客に興味を覚えたらしい宿の女性が、砂糖のあんばいまでして出してくれた珈琲は、宿酔の腹には濃くて甘すぎた。

あれは夫婦だろうか、父娘だろうか、と車が走り出すと運転手にたずねた。宿の前から二人はにこやかにこちらを見送りがてら道路を渡り、並んで川をのぞいた。釣りの老人はちょっと目を離した間にだいぶ下流《しも》まで来ていて、依怙地そうな背つきで瀬を探っていた。夫婦やね、と運転手は答えた。つい寝るところを思うもんやね、よそのことになると、とぼそっと笑ったとき、車は橋の詰めを過ぎて、流れの上下《かみしも》が変った。

なま温いものを誘われて、線のやさしい対岸の山を眺めるうちに、車は橋を渡り、谷を分けて川がはるか上流《かみ》までひらけ、あちこちの曲り目あたりにぽつんぽつんと釣人が糸を垂れている、その姿がてんでに川を渡ろうとしているように、河原に乗り捨てられた車がすでに遺留品のように見えた。かなり走って栃生《とちう》という標識を過ぎたとき、一昨日の暮れ方のバスの終着であったことを思出した。部落がどこまでも点々と続く。栃生の音《おん》は途中に通じるのだろうか。水坂峠を降りたところには途中谷、花折峠のむこうにも途中という土地、重い荷を担ぐ人夫にとっては道の至るところ途中というわけか、とたわいもないことを考えるまに谷はせばまり、雨が窓を叩きはじめた。

河床にひたとついて滑る濁流のむこうに、濡れてなまなましい岩肌の上から樹林が盛りあがり、ざわざわと葉を揺すりながら、梢に雨烟をまつわりつかせている。ところどころに狭い枝谷がひらいて、白い霧のわだかまる奥をのぞかせた。雨のざわめきのほかは聞えない。車は窓を閉めきって疾駆していた。目の内に固いような、睡気が満ちてきた。物が妙にくっきりと遠く、やや浮いて見えた。そしてほのかに、もうひとつで腐臭へ変りそうな、穢《な》れた香ばしさがまず鼻の奥にふくらんで、車の内、身のまわりに漂った。喘ぎを殺す、深い息づかいをどこかに感じた。目を大きくひらいたまま、ときおり河原を下流《しも》へ歩いていく男たちの影を見ていた。二人通り過ぎ、また三人過ぎ、目で追うのがつらくなると大勢になった。ほとんど裸の、上半身は肋《あばら》を浮かせてむやみといかついのに、腰から下、脚がいきなり細って、骨の太さしかない。膝が木の瘤のように節くれ立っている。背に荷をくくり、長い杖にすがって、よろぼい進んでいた。それにしては早い。よろめきながら間断なく運ばれていく。やがて山腹の木の葉のうねりとともに、嵐のようになった。

この辺を坊村といいますが、お客さん、古い寺があるそうですよ、と運転手が話しかけていた。比良の山の修験の中心だったそうで、わざわざ見物に来るとなると京都からでも琵琶湖のほうからでも長い山越えになるので、せっかく小浜からこんな山奥の道を来たのだから、とすすめながら車の足をいっこうにゆるめそうにもない。葛川という名を思出して、この谷すじになるのかと雨の中へまた目を凝らしたが寺らしい影もなく、で、まだこの先なの、とたずねると、あ、坊村ですか、もうだいぶ過ぎましたなと答えた。ま、いいや、また来るわ、と笑って手を横に振ると、全身がしっとり湿っていた。目をつぶった覚えはなかったが、寝汗に似ていた。

谷の上からけたたましく呼んでいた気がした。まだ鳴いているような、空気の張りを車の外に見て、窓をおろすと沢の音が吹きこんで、谷じゅうに満ちたどよめきの、その芯にたしかに細くて高い、笛のような、叫びのけはいがふくまれていた。あれは枝谷の奥に隠れた滝の声だろうかと思った。汗はまだ滲みつづけた。沢の香を吸いこむと鉱物質の清浄さが胸の淀みを押し分けたが、最後に一抹、その硬さがそのまま生臭いまろみを帯びかけた。岩も腐るものか、と眉をひそめた。空はいくらか明るく、対岸の山の傾きにそって、梢に裾をからまれ、雨烟があがっていくようだった。

汗が引いた頃、車は谷を離れて登り道にかかった。うしろの山並みが雨空の下に穏やかに横たわり、この先の峠を越すと途中を経て大原へ下ると運転手がいうので、さすがに名残りが惜しくて車を停めさせた。傘をさして坂の縁に立つと車の中からの眺めと変って山が思いのほか近く盛りあがり、つくづくと仰いで、また妙なところに立ちどまったものだと舌を巻いた。正面で左右から山襞がゆるくかさなり、その奥でまたかさなり、三重四重とだんだんに霞みながら閉じ目がほぼまっすぐにつらなり、そのむこうからくっきりとひとすじ、樹木におおわれた柔らかな谷が長い反りを打って一気に稜線のあたりまで喰いこんでいる。薄い霧が流れて過ぎるたびに、ひときわ近々と目にせまり、無数の樹冠のてんでに湧き返ろうとする力さえ伝わってきた。

——あれは叡山であるわけはない。まだ峠を越していないからな。比良のあたりか、蓬萊山か、いやいや、名もない山のひとつかもしれない……。

余計なことをつぶやいて紛らわそうとしたときにはすでに、まともに山懐へ向かって、耳を澄ましていた。静かさの中を聴覚がはるばるとひろがり、梢の盛りあがりのひとつひとつにひそむ鋭い鳴き出しの予感にまつわりついてまた深まり、これは途轍もない、険呑なことをする、これでは身がもたないぞ、耳から気が狂う、助けてくれ、幻聴でもよいから、呼んでくれないか、と無音の果しなさに喘いで耳もとで指を鳴らそうとしたとき、大勢の読経に似た沢の音が吹きあげてきて、北から長い谷をたどり、男が塩鯖を担いでやって来た。

背中は雨と汗にぐったりと濡れ、背負子《しょいこ》を通して荷箱の木肌と馴染んでいた。疲れを通り越した歩みの、腰はおのずと据《すわ》っているが、肩がひと足ごとにわずかかずつ左右にかしいで、そのたびに箱が厭な音を立て、詰めのゆるんだ中身が片寄りかける。魚《うお》の臭いが刻々と変っていく。一度でも喘ぐまいと深く吸っては長く吐く男の息も、甘たるく熟《な》れていく。行く道を追って、ときどき枝谷の奥のほうから、鳥が半声に呼んでいた。

やがて前方から、ふらりふらりと河原を伝って、傷だらけの具足をつけた群れがやって来た。峠を越えて落ちのびて来た。いや、うつろな鯨波が立って、まだ戦っている。河原にてんでにひろがり、満足に動かぬ五体でもって、虚空に向かってあるいは刀をよたよたと振りまわし、あるいは穂のさがり気味の槍を及び腰に突き出してはしどろもどろに引き、どうやら行く手に立ちふさがる、目には見えぬ敵に対して血路をひらこうとしている。破れかぶれの声を張りあげて刀のすこしも動かぬ者、まだ抵抗するような命乞いをするような恰好で膝を落して目を剝く者、乱闘のすぐ傍らで茫然と襟をくつろげて息を入れる者。泥水の中に端坐して身の果てをはてしもなく歎く者はふっとあたりを見まわして腰を浮すと、どんな活路をつかんだか、思いのほか敏捷にひとしきり駆けてはまた影も見えぬ刃《やいば》に追いつめられ恨みがましく坐りこむ。槍を横手に構えて凄みながら尻を出してしゃがみこみ血のような糞を垂れる者、あるいは地に平たく伏して首さえ長く伸び、とうに死んだはずのがきょとんと顔を起し、ありあわせの武器を取って死物狂いに突進する。そうして群れは仆れては生き返り、数は一向に減らず近づいて来たが、荷を担いで道に立ちすくむ男の姿は修羅の目に入らぬようだ。

男はそれでもようやく道端の繁みの露の中に屈みこんだ。敗残の群れはやがて切れ目もなくなり、いよいよ最後の戦いを迎えて、うつろな眼に荒い髪を逆立て、口もとに奇怪な皺を寄せてしずしずと進んだ。女の臭《にお》いがするぞ、あそこの、とつぶやく濁《だ》み声があった。誰だ、軍《いくさ》の最中に女と寝ているのは、人の苦も知らずいい濡れ加減ぞ、とざわめきが列を伝わった。この臭いが陣中に漂うようでは、もう仕舞いだな、と一人がさびしく笑って、膝を落しかけたが、無表情にもどって歩きつづけた。

ナレタカネタカ　クサレタカ　キヨキヨ。

頭上の梢からまた呼んでいる。男は草の露を見つめて、腹の疼きをこらえ、喉白う腹白う、と峠までの道の残りを一心に思っているが、よろぼいの列はいつまでも尽きない、永遠に尽きそうにもない。

まなく　ときなく

これははて、定命の尽きたしるしか、何を見てもむやみとかなしい、というような意味の古歌があったはずだが、ケーブルカーというものもこうして見るとなかなかわびしい乗物だと思った。門前町のはずれの、山林にかかるあたりの小さな駅に、古ぼけた木製の箱がぽつんと一輛、平行四辺形にきちんと傾《かし》いで、下りの客を三人、年寄りふたりに通学の少女ひとりを乗せて待っていた。往年は華やかな、ほとんど幻想的な存在で、遠方からわざわざ乗りにくるぐらいのものだったのが、今では寺参りもすたれていないのに交通の便を車に取って替られて、平日にはむしろ地元の、山上の住民の馴れた足として細々とながらえているらしい。古足駄のようなものだ。道路の賑いから離れた山の中へまっすぐに、とぼとぼと下っていく。樹間に立ちこめる霧に紛れて、途中で消えてしまいそうに見える。

空席の上に切符が落ちているので、拾って客たちに声をかけようとしたら、二日前の日付だった。平群行《へぐり》とあった。また大和のほうへ降りることになる、と方角のことを思出させた。生駒山から信貴山《しぎ》まで来ていた。つぎは葛城山から金剛山まで登るつもりでいる。まるで天狗だ。

雨のせいもある。朝方に古ぼけた旅館を出て雨の中をケーブルで山をくだる、これはわびしいのも道理だ。夜半から降り出した。窓の外の谷に音が満ちて、ときおり寝床の上にもおおいかぶさった。しかし静かだった。時雨というにはまだすこし早い。紅葉のほうもまだ、ほんとうに焼けたのはちらほらだ。蒲団の中から、枕もとの壁一枚隔てたむこうに、巨大な寝台を思い浮べていた。夢想ではない、現実にそこにあるのだ。床に入る前に、スタンドはないものかと枕もとのほうの壁の、隅にある襖張りの一枚扉をあけて、ぎくりとさせられたものだ。奥にもうひと間あった。古色蒼然とした洋間で、三畳よりはいくらか広いだろうか、その広さをほとんど塞ぐようにして大きな、いかつい寝台が据えてあった。枠板は黒っぽい分厚い材で、背板もあり、近頃のベッドというよりは昔の、寝台と呼ぶのがふさわしい。奥の壁の、寝台の足もとのほうに西洋風の丸窓があり、窓枠も頑丈そうで、埃をかぶった化粧硝子らしいのが嵌め殺してあった。こちらの和室との境の壁には、天井の高さに一箇所、空気抜きの丸い孔が開いて、やはりがっしりとした枠で囲われていた。薄い間仕切りではなかった。寝台の上には蒲団や枕が積まれて、今では蒲団部屋として使われているらしい。それだけのことを眺めてすぐに扉を閉め、電燈を消して床に入った。

目の内に残ったのは、寝台の大きさよりも長さだった。幅はダブルにしても十分だが、丈のためにシングル、たった一人の寝床に見えた。

門前町の並びにある表口から入って、階段を降りたつきあたり左にある畳もだいぶ焼けた部屋だが、窓は谷を見おろしていて、しばらくいれば三階四階にいる心地になる。谷は穏やかにひらけて、東から入りこむ枝谷らしく、左手のほうへ徐々にすぼまり、尾根へ尽きようとするその手前の北側の斜面に、ここよりもまただいぶ高く、毘沙門堂の舞台造りが望めた。谷の暗い緑に埋もれて、多少のけばけばしさも、なかなかいいものだ、と夕暮れには眺めた。沢はかなり深い底に流れ、谷の両側は樹林におおわれ、常緑樹が多くて、物音が葉に吸い取られるせいか、いかにも静かだった。夜半からの雨も、かなりの降りのようだったが、柔らかに谷に受けとめられて細かな、静かさそのものみたいなざわめきとなり、谷に飽和すると、ゆるやかに傾いて、まどろみの中へ流れこみ、耳を澄ますと遠ざかる。見かけていた夢を、運び去られる心地になる。そのつど、枕もとのほうではなくて、谷の宙空に、例の寝台を浮べていた。艶っぽい光景よりも、まず大きな男の、ぐったりと横たわる姿が見えた。

さまざまの想像をやはりめぐらした。怪奇な事情も考えたが、結局は色ごとの方角の、工夫の痕跡だと見当をつけた。俗な必要もあったにちがいない。とにかく何十年も前に、家の造りからすれば戦前か、造らせる者と造る者と、利用する者たちの、《淫《みだ》ら》の観念が入り混ってこんな、隠し部屋の形を取ったのだろう。妄《みだ》りごととはいいながら、時代の感覚はまだまだ骨太で、細工もよほど堅牢で、後世のもっと細い柔《やわ》な神経から見ると、なにやら責具《せめぐ》か座敷牢を思わせる、いかめしいものができてしまったか。われわれの時代の《淫ら》の工夫もまた、いつか用途不明になって後世の人間の目にさらされ、まがまがしい行為か運命の跡と眺められる、ということもあるだろうか。いや日常のものさえ、時の流れに取り残されて、岸に打ちあげられれば、その多くがどこか酷い、無気味の表情を留めかねない。道具も死体になり得る。

　とそんなことを考えながらひきつづき、寝台にながながと横たわる大男の、どんよりと濁った目を谷の上へ浮べていた。弱りはてた、白目がちの、蒼く浮腫《むく》んだような眼球《めのたま》が、どうかしてそのまま、物を睨むともなく、けわしい、ほとんどおごそかな表情をおびる。眉をかすかにひそめて、唇をゆるめ、焦点の定まらぬ三白眼《さんぱくがん》を、ただじわりと虚空へ瞠っている。それが、ふっと揺らいで、女の目になりかかる。

　俺はお前の、目の苦しみを、病いとして身にひきうけた、と一度、妙なつぶやきを耳にした気がして、眠りからさめた。おもむろにひろがりそうな戦慄を、かるく息をつめて押えこむと、谷が黄色く照り、はらはらと降りしきる葉の中を、舟が一隻ゆっくりと落ちていく。長閑なのがかえって物狂わしく、やがて、横たわる自身が舟となった。その舟の通り過ぎるあとから、黄葉の雨はおさまり、谷は狂奔から解きはなたれて、人に見られず、ひとり照り静まっていく。つかのまの静止とはいえ、いかにもやすらかだが、しかしこのやすらいがどうして、過ぎていく自分の目に見えるのだ、とそれだけをひたすら訝り、眠りこんだ。しばらくしてまた目をひらいて、人間のなまなましいものには、過去未来を問わずいっさい触れたくないものだ、とそんな身のほど知らずのことをぽつりとつぶやいたものだ。

眠ってはさめ、さめては眠り、しかし不眠の苦しみもなく、うなされることもなく、窓が白んでから熟睡して七時過ぎに起きると、頭の芯に睡気は残ったが、身体のほうは洗い流されたみたいに軽かった。馴れぬ朝飯を喰ったあとも、その軽さは失われなかった。

雨は午後にはあがると予報は言っていた。降り残っているのはもう山の上のほうだけのようで、下るにつれて窓に滴があたらなくなり、薄い霧が枝にまつわりついて昇っていくのが見えた。ケーブルカーで下るのにも独得なものがある。道の両側の草木にいちいち窓からのぞきこまれ、見捨てられていく気がする。前方の霧の中からくりかえし紅いものがふくらんで、あざやかに焼けて近づいてくるように感じられ、鈍い色となって窓の外を通り過ぎた。寝足りたふうに澄んだ目をひらいて、頭の芯がどうやらまだ幾分か、昨夜の眠りを眠りつづけているらしい。この樹木どもは、傍を過ぎるときには色を鈍く見せておいて、霧の中へ紛れこむとあらためて照りなおし、見えぬ背後でひとつに集まって刻一刻と山を焼いているのではないか。だいたい山の紅葉を思いやる歌どもは、雲を眺めては流れを見ては、なんだか、胡乱《うろん》だあ胡乱だあ、これは怪しいぞ、崇りもあるかも知れんぞ、と首をかしげているふうなのが多くはないか。通行税を払うみたいなのもあるではないか。と愚にもつかぬことをとろりとろりと考えるうちに、左右の山林があっけなく尽きて、白っぽい新建材の住宅が段をなして立ち並び、舗装された坂道を小走りに急ぐ人間たちの姿も見るまに数をまし、見おろせばあれが三室だか神奈備《かんなび》だか片岡だか、あちこちに小さな山を埋め残して家の屋根がひしめきつらなり、これはこれはと舌を巻いているとケーブルはまっすぐに電鉄の駅の構内へ下り、ただの電車のようになって停まった。接続も良くて、すぐ先の乗換えのホームから、通学の高校生たちと一緒にたちまち満員電車の中に押しこまれ、発車まぎわに窓から踏切りのたもとに龍田本社という道しるべが見えたが、せっかくの接続を惜しむ都会人の習性か、人を掻き分けて降りる気にもなれなかった。

少年たちの目もどこかしら白くけわしく感じられた。

麓の駅舎が或る境からにわかに遠景になり、ゴンドラがゆらりと宙に漂う感じになったとき、後悔を覚えた。やはりたずねておけばよかった——三室山とはどの山か、片岡はどれか、あしたの原と、そんな名前は聞いたこともないか、と。地図と説明書から勝手に見当をつけて、地元の人間は一度も呼び止めなかった。たずね甲斐もなければ、また生活者にたずねるべきことでもない、と思った。なにしろ平日の、朝っぱらだ。大都市の圏内だけあって、人の歩みも早かった。古い一劃を線路近くに置き残してやや暗く盛らせて、それとは無縁の顔で周辺から継ぎはぎに取りとめもなくひらけていく、どこにでもある近郊沿線の町だった。鉄道の陸橋の上から、下ってきた山の方を仰ぐと、尾根はまだ白い雨雲に巻かれ、麓から住宅の群れがかなり高く、雲に接するあたりまで這いあがっていた。

龍田の本社では、とにかく遠回りまでして足を運んだしるしに御札を受けていこうかと思ったら交通安全と、安産の札しかなかった。

ここはすでに葛城山だ。乗物の接続を待つ間は長くて所在ないが、来てしまえば造作もない。町のほうではいまにも晴れ間の出そうな空模様だったが、車で裾をやや登ると雨がぽつりぽつりと降り出した。山頂近くまでケーブルと聞いていたが、ロープウェイが掛かっていた。そう言えばむかしはロープウェイという言葉はなくて、どちらもケーブルと呼んでいた。そんなこともすぐに忘れる。しかし何度くりかえしても馴れない乗物だ。宙へ吊られるそのたびに、こんなことをしてもいいものか、と何心なく乗ってしまったことをいささか悔む。飛行機が離陸する時と同じ後悔だ。あの場合は、市街地の上空を抜けるまでが厭らしい。墜ちるなら、せめてこの上は避けてくれ、人迷惑だ、と殊勝なことを考えたりするものだが、じつは眼下にひろがる何百万の生活と、シートベルトで小さな椅子にくくりつけられて浮ぶこの情けない一個の存在とが、「死」という一点で釣り合う、同等になる。錯覚もいいところだが、このつかのま奔放に肥大する恣意感は、やはりちょっとおそろしい。高所恐怖にもさまざまな内訳はある。

登るにつれ目の下にひろがる大和平野の、絶景に眺め入っていた。山々がけうといほどくっきりと際立つ時はあるものだ。晴れた日ではない。朝夕の光の中でもない。むしろこういう雨のあがりかけか、いまにも降りそうで降らぬとき、上空は暗雲におおわれて地表には源の知れぬ薄あかりが立ちこめ、それがもうひときわ白く、蒼いようになるとき、山は見馴れぬ、あるいはあまりにも見馴れた、正体をあらわす。ただあからさまでけうとい。薄あかりをあまねくひたと吸い寄せて陰影もなく、あらわな質量がそこにある。平地にもなにやら強い質感が満ちわたる。その力の全体をかろうじて釣り合わせて押えこんでいる地形の、必然をたどれそうな気がしてくる。均衡の破れの潜むところを目がおのずとひっそり、探っているような……。

万象の、気の変り目というものはあるらしい。屋根の下にいても、日常のいとなみは間違いなくつづけながら、ふっと物が思えなくなる。心がまさに空になり、はてしなくひろがり、自身の手が妙に生白く、人の顔は剝き出しに見えてくる。何かしら、地をおおう力が人の心にひそかにはたらく。何も気がつかずに三日もやや鬱々と過したあと、突如として、今まで考えてもいなかったことを、すでに熟して考えている。というようなことはありはしないか。

絶景ほどしようむないものもない。正面にぽこりと盛《も》るのが畝傍《うねび》、その南の要領の得ない平たい岡が天香久山か、畝傍の遠く、いくらか北寄りに似た姿をくりかえすのが耳成《みみなし》、そのまたはるかむこう、東の山地のほとりの三角の山が三輪、その右の裾の、襞の奥が長谷、山地のいったん切れるあたりが桜井で、聖林寺の観音さんはどの谷だ、女人安産求子の、でかい桜色の子安地蔵さんは暗い本堂にましますか、その南の山が多武峯《とうのみね》、往生の前に莫迦もやり残さなかったとか、また山地がかたまって東の奥の高いのがたぶん龍門、右の手前が高取山、たかとりの城にのぼれば一里半、とはどこから来てどこまで行く、谷ひとつ隔てた南はもう吉野山だ。平地は平地であくまでも平たくて、つくづく感心させられることに、森や林がなく、細かに刻まれた田と溜池と、集落とが入り組みひしめき、せめぎあい、とても天を仰ぐ余裕もなさそうな忙しい暮しを、遠巻きにぐるりと包囲して峯々に寺あり社あり城あり、巻きあげる米や銭の算用に余念もなかろうが、なかにはあやしの者どもが岩場に立ち、下界に向かって苛高《いらだか》の数珠をさらりさらりと押し揉んで天変地異、騒擾戦乱の兆《きざし》を片目でうかがう、南の山から赤い光り物が飛んだとか、さてどのあたりから不吉の噂をひろめるかと思案して、なあ、いかめ房、とつぶやくと、鋼索の震えにたぐり寄せられてみるみる霧が重なり降り、手に取るまでに小さくおさまりかけていた山と平野をたちまち掻き消し、あまりの絶景に迷惑して喋りまくっていたつもりが我に返ると、じわりと陰気な悪相を窓に押しつけていた。

左右から、樹林をびっしりとつけたかなり急な斜面がさらに刻々と前へ傾いて送られ、茶にさびかけた緑の間にときどき、霧にまつわりつかれて赤いものが、これは幻覚でなく、ふわりと浮んではゆっくり転じて紛れた。あたりを照らさず、濡れてひとりで深く、狂ったように焼けていた。

鈍い唸りだけがいまにも跡切れそうにつづいて、箱の中は妙に静かだった。この悪い日和に山の上で媾曳《あいびき》か、もうけっして若くはない男女が一組うしろ隅の席に、それに車掌と、たった四人の乗合いだから声のないのも不思議ないが、それにしても不安のおもむろにふくらむのに似た、甘酸っぱい雰囲気がたしかに流れて、深い息づかいがわずかに押し殺されている。滴に曇りかけた窓に、黙然としてこちらを向いて立つ、車掌のらしい顔が半透明に映った。小柄な年配の男のはずだったが、ずいぶん高いところに浮んでいる。大きな、毘沙門のような面だ。目は剝くともなく大きく、蒼く熟れた光を溜めて三白ぎみに、漠として、しかもおごそかに遠くへ瞠っている。

うしろの男女は、姿は映らないが、男たちの背をうかがって、身じろぎもせぬ様子だった。やがて霧が凝ったみたいな、陰惨に切り立った岩場がゆらりと傾いて、左手のほうに近づいてきた。

——悪い気が湧いてきたようだな。目が濁ってきた。その明るいところへ寄せてもらおうか。

——さあ、気をつけて、そっと寄ってこい。うしろを向くんじゃないぞ。かわいそうに、追いつめられて、抱きおうておる。なに、身を離していても、二人して息をひそめていればもう寝たのと同じことだ。あとの行為は成ろうと成るまいと、辻褄合わせみたいなものだ。床の中からどんよりと、目を闇へ見ひらくところから、巻きもどすみたいなものだ。さて、いかめ房、ひさしぶりだ、妙なところに出てきた。

——ひさしぶりなものか、のべつ近くにいた、お前のほうが呼ぶ……昨夜もいたぞ。

——お前ではないかと、思いはしたが……しかし、ここで何をしている、今度はどこの、合戦だ。

——合戦など、俺の知ったことか、放っておいても起る時には起る。

——そんなことはないだろう。山から山へ日夜十里ずつ走って、天狗どもを焚きつけまわっているとか、聞いたが。恐ろしい夢を山々で一斉に見たとか、物に取っ憑かれた里の女子《おなご》が弓なりに反って人を呪ったとか、夜ごとに見知らぬ大入道が岩場から白く光って下界を睨むとか。

——麓をただ、眺めているだけだ。

——どこから火の手があがれば、どこへ飛んで、どうひろがるかと。

——眺めるとは、どういうことだか、わかっているのか。全身病んで、蒼く腫れあがり、冷い床の上に転がされて悶える、そのようなものだ。

――大男の寝台、の上でか。我身は悶えて、麓に呪縛をかけるか。おどろおどろしゅう触れまわる仲間がいるのだろう。

――それが愚《おろか》だという。呪縛は、かけるものではない、かけられるものだ。あの田の長閑《のどか》な入り組みを見ろ、合戦よりも調伏騒ぎよりも、凄まじい声が聞えて来ないか。あの境界《さかい》があそこでほれ、わずかに振れて、振れもどっているだろう。あれだけで十何人の血が流れた。それ以上の女が犯された。めぐりめぐって、ここから見渡せる内だけでも、幾百の男が殺された。その倍の数の女が売られた。あれらの線の、ひとくねりごとに、地の叫びが天に昇り、重い霧となって山上にたちこめる。稜線の空が雨夜に赤く焼け、目の玉が濁る。全身が水をふくんでじくじくとふくれあがり、背から腰から膝まで骨の節が伸びきって、寝台の大きさがまだ足りぬ。護摩の火がゆらめいて、験者どもが山道を飛び、館へ二十騎三十騎と駆けつけ、山の城に兵糧が運びこまれ、それも知らぬ顔に夜明けの畷《なわて》にひとり杖を引くはぐれ者もあるが、どれも同じ、浮腫んだ身体の、緩慢な悶えのひとつにすぎない。死んだ女たちがそれらすべてを、夢に見ている……。

これも古い式内社という、小ぢんまりとした神社の境内の、榧《かや》の大木の下を通りかけて何となく樹冠を仰ぐと、太い幹の二股に割れたところを降りてくる、蝸牛《かたつむり》が見えた。恥骨の丘を思わせる節のふくらみを乗り越えるのにも、見当がおぼつかなさそうに、触角をゆるゆると振るさまに、あれは途方もなく広いんだな、と目を惹かれて足を停めると、ささやかながらひさしぶりの登山のあとでこわばった膝頭とふくら脛から、睡気があがってきた。虫の機縁で土蜘蛛のことをまた思った。あれの巣を、子供の頃にはどれだけ暴《あば》いたことか。土の中から塀や壁の根もとに掛かる細長い袋の端をつまんで、そろりそろりと引きあげ、獲物の重みのかかる感触が何とも言えなかった。陽の光の中へ出されるともう身動きもしない。頭と肢はさすが醜怪だが、腹はむっちりとふくれて、薄くて滑らかな表皮が飴色に透きとおるようで、いかにも無防備で、かわいいやつだった。その腹を指先でしばし撫ぜてから、何をするかというと、頭を腹へ近づけてやる。すると腹を切る。おのれの牙で、おのれの腹を、じつに従順に、あっさりと喰い破る。白っぽい内臓が流れて出て、肢が小さく体側にすくんで、息はてる。それが不思議で、一度始めると幾度もくりかえしたものだ。そこら近所の塀の根もと、縁の下の土台石の裏まで探しまわり、しまいには酷《むご》さに取り憑かれて、いとおしさに泣き濡れた目つきになる。親の声に呼ばれて家に駆けもどり、手を洗って昼飯を掻きこむ間も目の隅から、よじれた熱っぽさが抜けなかった。征服した上では短小とも短足とも、土蜘蛛とも呼ぶさ、恐れるのも勝者の満足感のうちだ、と怪しげになりかけた目をゆるめると、蝸牛はとうに二股を乗り越えて、だいぶ下のほうを這っていた。物を思っているしるしか、間なく時なく、と苦笑させられた。葛城から同じ道をロープウェイで引き返してきたところだ。山上の霧に恐れをなして、峠のほうへ山道を下らなかったことを、初めからその予定も準備もなかったくせに、昔の山登りの意地の名残りか、いささか悔んでいた。

今夜の宿はここからその峠を西へ、河内のほうへ越して、赤坂あたりの尾根の押出しを北から南へぐるりとまわりこみ、千早城も過ぎて金剛の山ぶところの、どうやらだいぶ高いところにあるらしい。ここはまだ葛城の東の山麓の里で、午後も深くなった。いったん町に出て飯を喰ったついでに、酒もすこし呑んでいた。また車の世話になる。

山頂近くの霧の中に水越峠と、道標が心に残った。あのときその気になってふらりとそちらへ下っていれば、しばらくして心細くなっても、もはや引き返す力がなくて、先のことは考えずに雨の中をだらだらと下りつづけただろう。それぐらいの脚はいまでもある。標高差が四百五十米ほどだから、今頃はもう峠に降り立っている。どうせバスも通らぬ道を、こうなればもう惰性で、二里だろうと三里だろうと、平地へ向かって歩きつづける。肩に掛けた荷物がくろぐろと、醜悪な肉体の一部と感じられてくればこの齢でもまだまだ、どこまででも歩ける。

椢の木にそってまた見あげると、空にはゆるやかな雲の動きはあったが、山寄りのせいか、晴れ間は見えなかった。高曇りになりつつ、風もなく、静かだった。嵐がおろしたらこの山麓の里は、どんな声がするだろうか。それにしても蔦とか蔓とか、つまりは葛《かずら》のしきりと繁る里ではないか、と目の前の幹には巻きつくものもなかったが、二股のあたりの何百年も老いた質感を、そこを病いとして責めつける年々歳々の若い力があるかのように、いまさら引きこまれて眺めた。いましがた寄ってきた、一言主の社は、イチゴンジュさんと土地で呼ばれる。暗い力のある響きだ。女神《おんながみ》とも言われる。あそこでも樹々にさまざまな蔓が巻きついていた。ケーブルの施設の、壁やら鉄柱やらにも這いあがっていた。生駒から信貴、龍田、この葛城まで、行くほどに目についてくる。今年は天候不順なのか、紅葉もしないうちに枯れていく樹々に絡みついて、目に見えぬ嵐にひとり感応して、真紅に焼けていた。霧の中からも、ひときわけたたましく叫んだ。

山頂は樹林を抜けて、丸い芝山となっていた。好天ならばたわいもない、弁当をつかうような場所なのだろうが、霧にふくれあがり、陰気な坊主頭をすぐ先で見え隠れにしていた。視界を奪われて水平の感覚も怪しく、さほどとも思われぬ斜面を、しまいは這うようにしてまっすぐ登りきると、頂上にはさすがに風が渡り、四方を閉ざす霧がそれでもわずかずつ濃淡を変える波を打ち寄せ、耳を澄ますと風の内に、遠い叫喚か、鯨波を思わせる、甲高い唸りがあった。ひっきりなしに走る霧の、つかのまの透き間に、思いがけぬ見当から、濡れた地面が黒く浮んで人の踏みあとがくっきりと見え、背を丸めて喘ぐ影が、いましがた紛れたと感じられた。あちこちに点々と散り、呪文を半声に唱えて登ってくる。長い道を来た最後の力をふりしぼり、もうすこしのところで、永遠に到着しない。気をおぼろにしかけると、自身の姿すら、霧のうねりに呑みこまれてそのつど見馴れぬ影をあらわしそうな、恐れが降りてきた。

霧の海の底から、東のほうにしゅるしゅると、電車の走る響きを聞いたのは、あれは空耳だったのだろうか。すでに細った女の嗚咽を、ふくんでいるふうにも聞えた。

風の中に悠然と突っ立っていたのが、急にそそくさと三歩も下ると、我身が背後に置き残された気がして、足取りが投げやりになり、腰も沈めずに惰性にまかせ、両腕をひろげて飛ぶように走った。見通しのますますきかぬ霧の中から、来た覚えもない太い道が、勝手に走るにつれてこちらへ伸びてくる。こうして麓の見えるところまで駆け降りてからようやく我に返ることもあるものだ。

――空中を飛行して峯々に至るというのは、あれは峯々に、分身がいることではないか。本人は蔦やら蔓やらを分けて洞穴《ほらあな》に這いこんで、気が遠くなると、向かいの峯で分身が目をさまして躁ぎ出す。空を飛ぶのではなくて、地下で通じるわけだ。睡りの底で。しかしそれには手前も分身のひとつに、つまり大勢の行者たちと、同一の人物にならなくてはならない。荒行とはそのためのことか。火を焚くのも、滝に立たれるのも、断崖を覗《のぞ》くのも……寝台の上でのたうつのも、いかめ房、病んで病んで病みぬけということか……。

道を左手にはずれた霧の中から、身をひたと寄せあった男女があらわれて、こちらに目も呉れずに上へ通り過ぎた。そのまま五、六歩も早足で下ってから、おもむろに振り返ると、ひとつに大きく融けた灰色の影がまた霧の奥へ吸いこまれるところだった。女のほうが、水からあがったようだった。顔は生白く締まって、濡れた髪が頬にはりつき、唇ばかりが紅く、服はさほど濡れてはいなかったが、いや、スカートがだらりと重く、泥にもいくらかまみれ、羞恥からすでに見捨てられてそれ自体が疼きでしかなくなったような、あらわにうしろへ引かれた腰から、やや傾いで垂れていた。靴を脱いで片手にさげていた。目をつぶり、けわしい力で頭を男の肩に押しつけて、男の襟を口の隅に嚙み、男の脇腹に爪を立て、その男のほうは濡れ方もよほどすくなく、女の背を片腕に荒く抱えこんで、ただしゃにむに山頂を目指し、ただ憤懣やるかたなく、何をしているのかもはや自分でもわからない、そのまま女を捨てて無我夢中に山道を逃げもどり、電車に乗って街までたどり着いてふらりと酒場の暖簾を分け、ようやく訝しげな目を瞠りそうな、おさな顔をしていた。

寝台を軋ませて、寝返りも打ちかねている大男のからだがまた浮んだ。

帰る小坂の

柿の実が赤く、暮れはじめた。道端の出店で三つ四つも求めたら、おまけのほうが多くて十も呉れたのが、袋をのぞくと、その実たちもほんのり照っていた。観音さんの肌みたいだ、とそんなことを思った。前に聳えるのが金剛、左手の入り日に烟るのが高野の見当か、賀名生《あのう》の谷から吉野川の岸の、五条あたりに出てきたところだ。

吉野の峯から賀名生まで、山伝いに落ちるには、どんな道を取る。先年の大峯登山のおかげでおおよそ頭の内に入った鳥瞰図を空にひろげてみると、見渡すかぎり山また山、谷は入りに入り組んで、蜘蛛手という言葉があるがこの辺では流れが二手に分かれただけでも、一点を中心に三方へ放射して触手をてんでに伸ばすおもむきがあり、ましてや三裂四裂して、南へ流れていたかと思えば北へ流れ、川波がいましがたと逆の向きに岩を嚙んで、やがて耳を聾して音もなく走り、波頭の白さが幻めいて、谷の睡気が降りかかり、ひたすら川上へ川上へ、天ノ川は二手に分かれ、そのひとすじがまた二手に、彌山《みせん》川は彌山へ、川迫《こうざこ》川は右へ布引谷を分けてこれも彌山へ、左に神童子谷を分けて女人大峯の稲村ケ岳へ、そして山上ケ岳へ……賀名生はしかし、丹生《にゅう》川の谷すじだとすれば、北へはるかに溯って、下市から山ひとつ越してくる道と出会うあたり、丹生川上下社の手前で二手に分かれ、その先でまた二手、そのひとすじの黒龍川がたしかに、もうひと枝を分けて金峯山のふところに、南西から喰いこんでいるけれど、この山道はお公家たちにとってはいかにも難路、まして女人を連れては……。

女御のひとりが賀名生の御所から、重臣と密通して、姿を晦ましたという。その女性《にょしょう》の親が大いに怒り、親房《ちかふさ》だと伝えられるが、駆落ちを助けた土民数人の、首を斬って梟《か》けたという。迷惑な話だ。その結果、土民が蜂起してか逃散してか、亡命者たちはいっときこの地をも離れなくてはならなかったとか。柴葺く庵だの、黒木の御所だの、軒漏る雨だの、そんなことは馴れれば馴れる。それよりも、においだ。上つ方は下々を臭《くさ》いというが、自身のほうが下々からすればよっぽど臭い。ぎりぎりに暮す者たちとくらべれば、余計な物を喰って余計な思いにわずらう者たちはその分だけにおいが濃いのは道理だ。それが四方山の逼る狭い谷の生存の中へ追いこまれ、男女ともに、封じこめられる。叫喚と流血の名残りをまだ身にまつわりつけている。つい近頃まですぐ身のまわりの空気を温めていた人間の、首のない骸が地の下で朽ちつつある。自身も明日の運命が知れない。あるいはひそかに、知れている。もともと血が幾代にもわたって煮つまり、病みかけている。おまけに、湯もろくに浴びない。ながらく髪も洗わず、香《こう》を薫《た》き染めている。

北に立つ金剛山も輝きが失せて暮れはじめた。ここらから眺めると頭のまたずんぐりとまるい山だ。全体が西から東へ、大和のほうへうねって見える。千米近くの標高差はある。あの南の肩のあたりの宿舎で今朝がたは早く目をさました。枕もとの茶碗の底に油のような、ウイスキーの呑みさしが淀んでいた。精神修養の山である旨、パンフレットには記されてある。飯を済まし重い鞄を肩に掛けて山道にかかると、硬質の山気に触れて、昨夜の酔いの余りがもう一度、肺の奥から鼻孔へ、目もとから額にまでほんのり蘇った。さいわい胃のむかつきも腹の疼きも陰険なけはいだけに留まっていたが、ひりっと張りつめた、岩と水と松杉の香を吸いこんで、胸の内が洗われたかと息を長く吐くたびに、糜爛のような異臭が一瞬鼻孔に際立って、山の気の中へ散った。肺の奥まで冷えると静かな、眩暈の前触れが頭の芯にひろがった。ところどころ林に混じる紅葉と、地に濡れた朽葉の色が目につらくこたえて、喘ぐまい、息をすこしも乱すまい、と歩調をゆるく取って登りつづけるうちに、尾根の上に出たのか樹間の空気が一段と冷くなり香が鋭くなり、心臓の鼓動が変に落着いて、背から腋から濃い汗が滲みはじめた。

香というものは考えてみれば、仏にも人にも、死者にも生者にも、腐臭にたいしても体臭にたいしてもひとしなみに、同じ植物性の生臭さを薫くものだ、とそんなことを思った。

山頂の葛木神社から急坂を陰気な鞍部へくだると、なにやら恍惚と寒くて、気づけが欲しくなり、ウイスキーの小瓶を鞄から取り出してひと口ふた口あおった。かすかなむかつきを押し分けて、熱さがやがて腹の底にひろがると、冷く粘る汗を額から拭って、ひきつづきややもうろうと、大和平野のほうを眺めやった。足もとの尾根の腹を長く巻いて北へ続く道を目でたどり、いっそここから昨日の水越峠までひと走りに降りてしまうかと、峠の手前に一軒だけ立っていた白壁の屋敷のたたずまいを、昔から知った家のように浮べたが、国見峠と、さきほど山頂の西側で見捨ててきた道標が心に残って、尾根の上の展望台に向かってまた登りはじめた。

鞍部をひとつ越しただけなのに、山頂はすでに遠く隔って見えた。樹林におおわれたその頭が、大和側から昇る白い靄にときおりなかばほど隠れた。鉄骨の櫓《やぐら》の闌《てすり》に倚って西のほう河内の、どのあたりになるのか、岡のふところを灰色に掘り削っておびただしい数の新興住宅がひしめくのを、舌を巻いて眺めやりながら金剛千早城、あれは猥雑な軍《いくさ》だった、などとつぶやいていた。城方は千人の小勢、攻めるは百万騎、四方三里見物相撲の場のごとく打ち囲んでとあるが、こんな山奥で、いったい何のために。城山が険阻なら、五千も谷に置いて、押しこめておけばいいではないか。記されているかぎり小当り小競合い、いらざる小細工ばかりで、本式の城攻めなど行なわれてはいない。政治的な思惑の、寄せ集めか。徒然に堪え兼ねて花の下の連歌師を呼んで百万句、碁に双六に百服茶に歌合、双六喧嘩で叔父甥が差し違えて双方入り乱れ死者二百人とか。江口神崎の遊女たちまで呼び寄せて、飲み喰いの心配もさることながら、こんな狭い谷の底で、垂れた物を、どう始末した。川は汚れ、悪臭重く、山の上まで立ちこめたか。あげくのはては後方をゲリラに乱されて、兵站は跡切れ、腹を空かして散り散りに落ちるところを待伏せにあって身ぐるみ剝がれて、草の葉を腰に巻き、ゲリラがまず追剝ぎというのも可笑しいが、疫病の力もあったのだろう。精神錯乱もひろまったのだろう。あやしげな信心の、熱狂の昂ぶりも、徒らに人を死へ誘いこんだかもしれない……。

前の夜に淫蕩のかぎりを尽した女たちが、髪を濃くにおわせて、仮りの堂の中に閉じ籠り、遠い鯨波におののいて、揺らぐ火の中でいよいよ穢《な》れた息をふくらませ、夜の興奮と紛らわしく、とそんなあられもないことをまだ思いつづけ、バスの中から谷あいの細長い集落の、おもてへは落着いた暮しの表情を眺めるうちに、向う岸の山並みの膝あたり、枝谷のひらくその前を塞ぐかたちで、小広く盛りあがる段丘の上に、竹林に前を杉の山林に後を囲まれ、人家よりも高く、正午近くの陽をわずかに浴びてこれもおびただしい、不思議な棒杭のように、塔婆がぎっしりと寄り集まり、この距離から杭ほどに見えるのは一本ずつ柱ほどの太さもあるか、そのはずれに掘立小屋が一軒あり、目を凝らすうちに谷の曲り目に隠された。

刀尋段段壞、と一斉に老女めいた声を絞りあげ、と寺の宝物館を出たとき、窓のない壁を見あげて、続きをまた思っていた。秘仏の本尊は、わざわざ山を越えてきたからとて、拝観できるわけもなかった。開帳は年に春の二日だけだが、本堂が修復中なので、四年先までそれも叶わぬという。二十年来の恋となりそうだ。しかたなしにほかの仏像たちを眺めて、像の数のわりにやけにがらんと広く感じられる陳列室から、鉄の扉を押し開けて出てくると、ちょうど出会い頭に痩せた女がすっと立ち、中年の、やはり旅行中らしく、髪に疲れが見えて、おもむろに竦んで思わず目礼するようにして脇へ退ったが、扉を片手で支えていてやると、眉をかすかに、しばしひそめたあと、うなだれて中へ入って行った。すれ違うとき、生温さの中から、屈辱のにおいがして、いかにも孤独な、無力な裸体の意識を想わせた。

今頃はまだ気おくれした腰をこころもちひいて、眉に疲れを浮べ、索漠とした仏像たちを拝んでまわっている。そのほかにも誰もいないはずなのに、臨刑欲壽終　念彼觀音力と、女たちの甲高く張ってはつぶれる、声を壁の内に想った。あの女どもを黙らせろ、首を刎られるのはあの者らでない、と男の呻くのが聞えた、せめて最期は長閑《のどか》に迎えたいものだ、と。女たちの恐怖の熱狂を、壇上にゆらめく炎の奥の、黒い厨子のうちから細い、切れ長の目が見おろしている。上瞼は深くかぶさり、下瞼は鋭く縁を剝き、目頭と目尻の切れこみに、ほとんど無表情の裏《うち》の、峻《けわ》しさを点じている。そのあたりでまた白目の隅にかすかな、紅が差している、とも聞いたが。肉づきの豊かな、力士の首をわずかに右にかしげて、片手を頬に添えている。その小指がゆるく外へ反りかけて、内へ柔らかに折り曲げられている。広い胸の前で宝珠を掌に載せ、右に立てて傾けた膝のわきへ数珠を垂らし、一輪の華を摘《つま》んでまっすぐ前へ捧げ、法輪を左肩の上へ食指に高く掲げ、趺坐した左膝のうしろに太い腕をゆったりと伸べ、すべて六臂ある。

右肩のまるみから、腕が三本、ふっくらと生えている。腋が三つに、ふくよかに割れている。立膝《たてひざ》の外へ長く垂れた腕は逞しく、頬へまわした腕はなよやかで、つけねにも肘にも濃やかな、あやういような肌の匂いを漂わせ、男の腕と女の腕がひとつに融けあい、そしてそれぞれほのぼのとひらいている。右の三臂は密にかさなり、華を捧げ法輪を掲げ、その間を割って床にうしろ手をつくふうにして、奇怪な絡みあいと、癒着感の暗さを想わせる。

立膝と趺坐と、足の裏を土踏まずでかさねて衣紋を流し、ふくれた腹をのぞかせ、頬杖に寛ぐふうに赤い唇をむっちり結んで、あくまでも豊満な顔から睡たげで峻しい目で、ただ眺めている。

刀尋段段壊、と敵の女たちも叫びつのる。段段壊、と男たちは自縛の呪文を口走って盲滅法に敵に斬りかかる。おのずと逃げ腰に喚くほかは、自分がまだ生きているのやら、いましがたの一撃でもう死んでいるのやら、はっきりした心地もしない。

やがて女たちは叫び疲れてうずくまり、とろりとまどろんで、うつけた目を起すと、尊像がなにやらやすらいで、手前の狂乱が尽きれば因果も業も尽きたがごとく感じられ、遠くの鯨波もおさまり、今日も男たちは声ばかり死物狂いの小競合いを済ませて目をぎらつかせてもどってくる、と閨《ねや》のほうをちらりと思う。腫れぼったい顔で立ちあがり、興奮の饐《す》えたにおいをまた裾に引きずって、冷えきった身体を手水に運ぶその前に段段壊、もう一度半声につぶやいて前髪を掻きあげ、何となく眉をかるくしかめる。

堂の内にほのかな、訝りが残る。焼き尽さぬかぎり撼《うご》かしようもない、森厳なような肉感の、開放の明るみと癒着の翳りの中から、わずかに首をかしげつづける。

夕闇の降りた谷々にも、人の去ったあと、流れに運ばれてくる薄あかりを集めて同じ訝りが宙に蒼く、目に見えず遍在する肉体の疼きとして、暮れ残っている。

坂道を下りかけると空荷《からに》の身が頼りないほどに軽くて、左手の空にくっきりと、誂えた鎌の形に反った三日月が掛かった。冴えた響きさえ伝えてきそうに、軒の低い民家と、あれも桜なのだろう、ちりちりとした樹影のつらなりの向こうから、見え隠れに従いてくる。山の上だけあって燈からすこしでも遠ざかるとあたりが急に暗くなるが、それにしては風がなかった。坂下の旅館の窓には乱れはじめた宴会の人影が映り、もうひとつ興に乗りきれぬのか、数人が苦しげに喉を絞って、軍歌を喚き散らしていた。雑貨屋の店の内が暖く見えた。

宿坊に荷物をあずけて、とりあえず酒と夕飯にありつける場所を探しに出てきたところだった。坊の玄関先で案内を乞うたら、一週間前の連絡が通っていなくて、ここしばらくは客をしないことにしているのでと主婦に断わられ、前庭の横手の、聖天堂と燈明に読める額のほうへ、物の考えられぬ目をやって、さてもうひと歩き、宿を探すことになったか、とむしろ気楽なような気持であきらめかけた頃に、泊まりだけならと取りなされ、鞄を上がり口に置いてその足で出てきたものの、こうして坂道をあなたまかせに歩いていると、手もとに荷物のなくなっていることだけが現実で、あとは途方に暮れた夢想であり、坊にもどればまた見知らぬ顔と怪しまれそうな、おぼつかなさがあった。

ぽつんと点る街燈の下を通りかかると、すぐ先でまた濃くなる闇の中から、いままで何を見ていたのか、人の登ってくるけはいがあり、四、五人あるいはそれ以上かと思ったら、やがて褞袍《どてら》姿の三人があらわれた。もう六十がらみとおぼしき女たちで、早い夕飯も済ませて土産物屋めぐりをしてきたらしく、てんでに袋をさげ、すれ違うときに湯のにおいがふくらんで深い喘ぎに坂道の急さと、夜気の冷さがいまさら感じられた。その三人きりだった。しばらくして振り返ると、いましがたの街燈の明るさの中をやはりたった三人、浴衣のように白く照らされた姿がふらりふらりと、あてどもなげに登っていき、生温い息づかいがこちらの暗がりの中に残されて、また大勢いるけはいをふくみ、ときおりたどたどしく、いたいけに上ずりかけるのを、はてどういう錯覚かと怪しむうちに、気がつくと我身の内から、何歩か下るたびに、年寄りの寝息のかすれに似た、かぼそい喉鳴りが洩れていた。

山道でも仏像の前でも、あたりが静まると、かすかに聞えていた。

街の中では或る晩、理由《わけ》もない、習い性みたいな焦りに取り憑かれていたとき、電車の中で長いこと、悪い息をする人間がいるものだ、とひそかに気の毒がって来たところが、会った女性にだしぬけに、風邪ですか、と顔を見られて、つかのま耳をしいんと、遠くへ澄ましたものだ。

父《とと》さまは喘息、母《かか》さまは肺癌、と笑って紛らわした。

表通りまで下り、角のところに立って、まだ喉笛を鳴らし、ここも尾根の上になる薄暗い土産物店街の、だんだんに閉まりかける店を三、四人ずつ、おもしろげもなくつれだってのぞく修学旅行の女子高校生たちを眺めていた。もう身につかぬ制服を迷惑そうにだらりと着こんで、旅の疲れか興醒めのせいか、どれも暗くがさついた、睡たげな顔つきで品物を手に取っては置く姿の、投げやりな女臭さが、ときおり素頓狂に立っては折れる乾いた笑いとともに、どこだか知らぬが場末の盛り場か、さびれた色街に迷いこんだか、それ以上に陰気な心地にさせた。

鮨屋に入って甘い酒を呑んでいた。刺身までが、鯛も貝も、甘く感じられた。奥でうつむきこんで古雑誌を読む店の女の、化粧のにおいが石油ストーブに温められて漂ってくる。醤油の受け皿にも、かすかにまつわりついているようだった。思いついて、日頃はあまり喰わぬ章魚《たこ》を注文すると、大ぶりのぶつ切りが出てきて、索漠としたのを気ながに嚙んでいるとこれにも、濃やかなみたいな、甘みが染みだしてきた。すべてが刻々と気を滅入らせ、やがてそのまま、変に心地良くなったものだ。この辺で握らせようか、舎利こそ甘いだろうが、疲れているからちょうどいいのかもしれない。湯吞みにもハンドクリームのにおいがするだろうか。腹一杯に喰って、それからもうふたつだけ押しこんだら、どれだけ重たるくなるだろう。甘味は神経をゆるくするというが、とそんなことを思案しながら、谷を渡る風の音が聞えはしないかと、奥でまだうつむきこむ女の、むこうの壁あたりへ聞き耳を立てていた。

ほろ酔いのおかげで坂の登りも苦にならなかった。さすがに寺に泊めてもらうのだから、玄関を通る間ぐらいは酒の気をすこし抜いておかなくてはと、空へ向かって長い息を吐くと、風は相変らずなくて、豪勢な湯気が喉笛を鳴らしてまっすぐに昇り、それが消えた闇のはるか奥で、中天に白く、病いのように滲むものがあり、街燈のあかりから物陰に入ってさらに両手で眼のわきを遮ると、軒から軒へ斜めに渡って、銀河がだんだんにはっきり浮んできた。集まって気が狂ったみたいに躁いでやがる、とつくづく感心して、道の上でのけ反っていた。

くわんのんさんの大慈悲心

魔王にだあかれて

魔王はあぶらあせ

くわんのんさんにあやまった

それ　魔王にころされて

魔王はあぶらあせ

それ　くわんのんさんにすくわれた

尾根から降ってくる洞《う》ろ声の猥歌を目指して谷の道を登っていた。もうさっきからすぐ上で聞えているのに、登れど行き着かない。このまま夜明けまで喘ぎつづけて、姿は消えて喉鳴りだけが山中をさまようのか、と心細くなった頃、気もやや遠のいて、小屋の前にぼそっと立ち、莚簾《むしろすだれ》をめくって内をのぞいていた。土間に摩り切れた寝茣蓙《ねござ》が乱れて男たちの姿はなく、大事なものを置いて連中、どこへ行ったとたずねると、死んだ、と隅に屈みこむ老人が答えて茣蓙を集めはじめた。もう埋められた、と洗い場から老婆が顔をあげ、濡れた手に濡れた椀をつかんで壁ぎわの瓶のほうへよたよたと向かった。二人とも三歩進んでは深く喘いで立ちどまる。二人とも妙に白くて大きな目をおごそかに、うつけたふうに剝いて人を見る。これはいかめ房の親たちではないか、毘沙門の申し子の老いのはてか。やがて老婆は椀をそろそろと捧げるようにしてもどり、まあゆっくり足を休めていけ、先はまだすこしあるで、とまた白い眼をじわりと瞠り、同じ白さに濁る酒の、七分目に入ったのを手渡されたとたんに、片手に受けた椀をふるわせて身の内から長い嗚咽が押しあげ、天を仰いで訴えそうになったのを、こいつは御法度だぞと唇の内を噛んで呑みくだすと、あたりが静まって嗚咽の名残りの影のような、もうひとつの息が小屋の中を細くかすれて流れ、土間の奥に積みあげられ底のほうから腐れかけた捨《す》て莫蓙の上に、髪の長い半裸の女がひとりぽつんと膝を崩して、宙へ首をかしげていた。

すっかり痩せたじゃないか、お前も、とそばへにじり寄っただけでこちらも息を切らして、目は一度に落ち窪み、足は萎えきって、椀の酒を零さずにいるのがようやくで、もう片手を女の膝の上にかけ、浴衣からのぞく土色の肌に鼻を寄せて、においはまだ嗅ぐまいと息をつめ、ちょうど起った下腹の厭な疼きを、目をつぶってこらえた。やがてそのまま心がうつけて、手探りながら、

――腕が二本しかないというのは、こうして見ると、なんともまずしい、いとおしいものだな。ああ、肉は落ちても、乳房は残るのか。不思議なもんだな、この蒼いふくらみも。膝はああ、骨が浮いてしまって、この足でよくも登ってこれたことだ。しかし太腿をこう、ずうっとたどると、どうだ、肉がついているぞ、まだまだ沢山、豪勢についてるぞ。見ろよ、濡れたように白いぞ、ありがたい、間に合ってよかった、よかった……。

洞ろ声に口走り、女の肩に頰をこすり、手を太腿のつけねから、遠い憶えのある感触に導かれて内へ滑りこませると、女の胸から膝がにわかに牢《かた》く分厚くなり、指先を肉の塊が

ひたと締めつけ、奥からひっそりと潤ってくるにつれて、細く喉にかすれていた息が豊かにうねりだし、宙へ投げられた細い目に峻しい、訝りの光が点じた。肩がまるみを帯びてふっくらと割れ、三臂が絡みあい、ひらきあい、熟れた堆肥よりも甘くて暗いにおいとともに、こちらの首のまわりにじわじわと喰いこんできた。

清水の滴る岩の左手から登りにかかり、足腰がさすがにせつなくて、もうひと汗、もうひと辛抱と足もとに目を落とし、物も考えなくなり、苦しさに馴染んだ頃、道を違えたみたいにあっさり尾根の上に出た。まさしく見覚えのある降り口で、あまりいきなりな到着に笑い出した。

ここまで生駒、葛城、金剛と、ぎりぎりまで乗り物は利用したが、日に一度は登りに苦しめられてきて、これがこの旅の最後の登りだった。あとは金峯山を抜けて吉野の麓まで下ればよい。

谷のほうを振り返り、それにしても絶好の場所を見つけたものだ、とあらためて感心させられた。寺の大衆たちの賑わうところから、けっして近くはないが、存在を忘れられるほどの遠さでもなく、半日分の苦労だけ、熱心のひとつふたつ分ぐらい隔てられて、四方を山に柔らかに囲まれ、陽《みなみ》に向かって小広い台地を張り出した、まさに乳母のふところだ。清水への往来もさして苦労ではない。

陽気な僻者《ひがもの》という構えだな、と方丈の庵の前に突っ立って生木の柱と土壁を眺めやり、大勢の僻者たちの一人、結局は山の食客の一人だ、なにせここでは畑はつくれないから、いやそうでもないか、何かと福のつく人でもあったらしいから、大切な客人《まろうど》として一目置かれていたのかもしれない、とつぶやいていると、いつのまにか庵の中に男が坐りこんで、煙草こそ吸っていないが、寛いでいた。

あんなところに入りこんでいると人間、青年だか中年だか、見分けがつかなくなるものだ、と目と目が合いながら、内では外など眼中になさそうなので、こちらも平然として、しかしこの中に入ると人間また、なかなか大きく見えるもんだな、厩《うまや》の中の馬ほどにも見えるぞ、この鬱陶《うっとう》しさが本人にも感じられて、おそらく方丈に籠ることの、まず功徳なのだろう、とひきつづき埒もないことを考えていると、庵の中で男がにやりと笑った。

こちらも釣られて笑い返したものの、長い山道を来たせいか、まだ一人でいる心地がして、それにしても雪隠はどこだ、同じ方丈の内だとすれば庵もずいぶん臭うことになるな、といらざる心配をつづけるうちに、男は顔を左のほうへ向け、なるほど荒法師にしても似合いそうな面相が、やがておもむろに目を剝いて、遠くへ頤をしゃくった。

そちらの谷の、杉林へ続く杣道を年配の女が二人、すたすたと気楽に降りていくところだった。四十なかばぐらいに見えて、ここまで来る道でも幕なしに喋りつづけ、いまに声も出なくなるぞと待っていたら、それがいっこうに衰えず、足もなかなか強くて、姿は離されて見えなくなったが声は谷の岩伝いに、少女の囀りみたいに細く、きれぎれにいつまでも聞えて、遅れて庵の前に着くと物を食べ記念写真などを撮っている間は静かだったがやがてまた話に熱中しはじめ、妙な方角へ歩いているなと思ったのが、そう言えば姿が見えなくなっていた。

「おおい、どこへ」声に悩まされたのも他生の縁かと思って叫んだ。「どこへ行かれる。そちらは谷、谷底ですぞ。いくら歩いても、どこへも出られませんぞ。どこへも、もし、どこへも……」

女たちはやっと足を止め、もう林の繁みに姿の隠れかかるあたりで、空耳を怪しむふうに、ほとんど迷惑そうにこちらを振り仰いだ。

「苔清水はそっちやないで、小母はんら」庵の中からも男が太い声を添えた。「西行はんやろ、とくとくやろ。んなら、この上や、この上、とくとくはこの上」

女たちはきゃっと笑ったかと思うと、平気な顔で、またさっさと登ってきた。

「女は、ほんま、こわいわ」庵の中でつぶやいた。「山も見なくなりよるで」

女たちを庵の前に迎え取ると、男はどういうつもりか、あんたらこの人の尻について行きなはれ、そう言って埃だらけの板床に肱枕をついて、目までつぶってしまう、女たちは嬉しそうにうなずくので、案内役をさせられることになり、じつは知りもせぬ清水へ向かう道々、後から来る女たちに、あなたがた考えてごらんなさい、からの桶をさげて下って水いっぱいで登る、から桶で登って水いっぱいで下る、清水は庵の上流《かみ》にあるのが道理でしょうが、だいたい、庵ぐらしも生活でね、どこにでも結べるってもんじゃない、と胸の内で話しかけていたが結局はひと言も口に出さず、清水に着いて、なるほど岩の窪みに水のしょぼしょぼと垂れるその真ん前で女たちはしばしあんぐりと、感心して見あげていたかと思ったら、また水と関係もない、お喋りに火がついたので、道標もあることだし、そっと置いて登ってきた。

あなたがたね、と金峯山の社を過ぎて坂道を下る足にいよいよ弾みのついた頃、また一人で話しかけていた。男というのは、坂を下る時がもっとも、男臭くなるもんなんですよ。登る時はたいてい、病んで細って、子供っぽくなって、頼もしいもんじゃない。じつは力を振りしぼっている最中なんだが……。

疲れて粘りのなくなったはずの足腰が、惰性に馴染んで、かえってひたと決まった。一歩ごとに膝が重みを無造作に受けとめて、じつは頽《くず》れかかりながら、調子に乗せて惰性に渡し、腰は無責任に宙に漂う心地で、ただし左右には揺るがず、まっすぐ上下に、ついついと浮き沈みして運ばれていく。草臥れたふぐりを振って、こころもちそっくり返り、本意《こころ》ならぬ顔で、目をきょとんと瞠って駆け下っていると、立ち止まって子細に眺めていては見えないものだ、道の両側の林から紅葉黄葉、朽葉の匂い、太幹に絡む蔓蔦の、秋の色がおのずから、穢《むさ》い身をつつみ、肌に染みこんでくる。あはれは向うから寄り添ってくる。

子守の宮ともいう、水分《みくまり》の社の前を道なりに折れると、二人並んだ女の子の小柄な後姿が見えて、中学生かと思ったら、家庭教師に行った家で葛湯をふるまわれて、涙をこらえて食べたと、わりあい気取ったふくみ声で話す、そのあどけない横顔をちらりとのぞいて追い越し、はあ、葛湯か、葛湯がほしいと、物を知らぬ嫁に言ったら、葛の風呂に入れられる咄があったけれど、あれなどはむしろ男の、鬱陶しい生き心地をどこか言いあてているぞ、と掻きまわすにつれて粘《こし》と嵩《かさ》をましていく半透明のものを想った。

それを振り払うと前方に見晴らしがひらけ、空はいつのまにか曇り、雨のけはいもふくんで、遠くから早くも暮れかかり、その中に見馴れた葛城金剛の姿がほの紫に静まり、その山ふところに隠された暗い谷を覆って繁る葛の葉の、風がふいに巻いて、一面に白くうねる光景が浮んで、凄惨のにおいがひろがり、一人として姿の見えぬ鯨波が甲高く湧き起り、すわと足を早めかけると、

——ばかに元気ではないか、下り坂は。

——そうさ、歌でも出そうな機嫌だ。

——霰でも弾けそうだな。

——雪さえ降るさ。

——それでどこへ、何をしに行く。

——何もない、帰るだけだ。まっすぐに……途中で飯は喰う、酒も呑むが……。

立ち止まって目の前の、吉野の山と谷との入り組みを見おろした。花が咲いていた。紅く枯れた葉のつらなりが山から谷へ、谷から山へかけて、花のありかをくっきりと占めていた。その中を、谷のなかほどに薄い霧が流れて、向う岸の尾根の膝もとの、ひとところゆるやかに窪んだあたりに寄り、白さをまして遠い時雨のようになり、それからすっと剝がれて宙へ消えるまぎわ、からからと枯葉を渡る風の声がして、霧の奥にひとむら、ふくよかな翠がふくらんで、人肌への思いに見えて、たちまち周囲の秋の色に紛れた。

そのまま坂をまっすぐ駆け降り、躁ぎまくったあげくに静かに狂って、日の暮れた畑の道をどこまでもどこまでも大股の歩みで急ぐ、ぼってりと闇を吸って膨れた影をまだ慕いながら駅の構内の雑踏の中で、ふっと電話をかけるようなつもりで立ち止まり、首をことさらにかしげ、眉間に皺を寄せ、用もないふところの小銭をもそもそと探っている、男の姿がありありと山上から眺められた。

遅れて来た巡礼者

著者から読者へ

古井由吉

題して「山躁賦」、「山が躁《さわ》ぐ」とも、「山に心が躁ぐ」とも取れる。賦とは古く中国から伝わる、風景や風物を叙した詩文の一形式のことだそうで、本来は韻を踏むべきものだが、まさか近代日本の口語散文、踏むべき韻もない。せめて気韻は踏みたいものだと思った。

単行本の発刊は集英社から、一九八二年四月。雑誌発表は「青春と読書」から、一九八〇年五月から隔月に八二年二月まで、あわせて十二篇になる。その間に六度、おもに近畿の方面へ、装幀者の菊地信義と旅をして、初めは比叡山をめぐり、その旅から一篇目と二篇目が生まれた。二度目の旅は、近江の石塔寺、信楽《しがらき》、伊賀上野、室生寺、聖林寺、そこから三篇目と四篇目。三度目は高野山から、海を渡って讃岐の弥谷《いやだに》山、四度目は京都周辺、鞍馬、小塩、水無瀬《みなせ》、石清水《いわしみず》。五度目はまた比叡山から朽木、小浜。六度目は生駒、

た。信貴《しぎ》、葛城《かつらぎ》、金剛、観心寺。そして最後に吉野。それぞれの旅から二篇ずつ書き留められ

おしなべて古歌の里を訪ねるという趣きになるが、しかしすでに八〇年代の初めのこと、昔の風景がさながらに現われる、というわけにはとうてい行かない。いま現在の、そこで自身も暮らしているところの「殺風景」の底から、昔を気長に呼び出さなくてはならない。さいわい、若い頃の山登りからわずかに持ち越された、山と谷の地形を見る眼が、助けに入ってくれた。谷から平地の展開するありさまは、往古への道しるべにもなる。いや、それにまさる導き手はやはり、古人たちの歌だったのだろう。連歌や俳諧、謡いや語りもふくめた、歌である。

とにかく闊達に自在に、かつ無責任に、書いたものだ。こんなに伸びやかに書けるという幸運に、最晩年までもう一度、恵まれるだろうか、と今では自分でうらやんでいる。軽快に筆が運んだはずだよ、だって半分以上は本人の筆というよりも、古人が著者の愚鈍さに業を煮やして、それでもその思慕の情をいささか憐れんで、使いの者を送り、下手の筆をふんだくって、なりかわって書かせたのだから、とつぶやきたくもなる。

ひとつだけ読者にあらかじめ、ことわっておいたほうがよいと思われる箇所がある。十篇目の「鯖穢れる道に」の内に、

——鯖にほふ　露もや降らむ
笠ぬれて　肌なれて　生きぐされ
喉白う　腹白う　白う眠らむ　郭公《しでたをさ》

これは著者の創作、つまり捏造である。こんな訳のわからぬ、どこか露わな、品下れる歌を、古人が詠むはずもない。著者の踏まえた元歌は催馬楽《さいばら》の内に見えて、

——婦《いも》が門《かど》　夫《せな》が門　行き過ぎかねてや　我が行かば　肱笠《ひぢがさ》の　肱笠の　雨もや降らなむ　郭公《しでたをさ》　雨やどり　笠やどり　舎《やど》りてまからむ　郭公

女人の家へ駆けこみたいばかりに、五月雨《さみだれ》のまた寄せるのを願って、死出の田長《たおさ》と名づけられた時鳥《ほととぎす》に呼びかけ、よほど品のよろしい色香を漂わせている。

これだけの悪戯《わるさ》も、作中、させてもらったということだ。すべてが古人への、古歌への、甘えではないか、と皮肉な口を叩く年寄りがいまここにいる。しかし当時、著者は四十五を越えようとするところだった。男盛りを回りかけるところでもあった。山道を登る足もすでに若い頃のようではなかった。かわりに、声にならぬ声に耳をやるようになっていた。時鳥が一声鳴けば、全山がつぎの鳴き出しをはらむように感じていた。

葛城山と金剛山に登り、吉野の山まで足を伸ばして、そこで六度の旅の仕舞いになり、長い坂を菊地信義と並んで、十月のことで谷に燃える桜の紅葉を眺めてスタスタと下る、そのなにか峠でも越えて来たような足取りから、

――おのづから秋のあはれを身につけて　かへる小坂の夕暮の歌

と定家の晩年らしき歌が思い出された。ところがまたしばらく下り、路傍に吉野の葛を売る店を見つけて立寄ると、店の老婦人から、両人ともに、学生サンと見られた。

かぶるかぶるかぶる

解説

堀江敏幸

「あれは何と呼んだか、頭巾か帽子か、茶人のかぶる隠居のかぶる、宗匠のかぶる、いやたしかに僧侶らしい、品よく瘠せた老人が食堂車の隅の席で、二重回しというのか和服の外套の、寛やかな袖の内から両手を端正に動かして、ナイフとフォークをつかっていた」古井由吉の『山躁賦』は、中世の寺社で一夜の宿を借り、語り手が謎めいた虚無僧《こむそう》と夕食をともにしているかのような書き出しで幕をあける。かぶる、という音の三連続がよびさます呪文のような、あるいはお経のような空間がお香のかおりをこちらの鼻先にすっと運んできたかと思うまもなく、語りの視点はくるりと回転して、それが「食堂車」のなかの話であり、しかも僧侶と特定された老人が箸ではなく西洋の食器を自在にあやつっていると示されて、舞台がまぎれもない現代であると気づかされる。

さほど大きくもない移動する函を満たしているのは、僧侶の扱うナイフとフォークが皿に触れて立てている音であり、「私」と相席になっている「酒に酔った田舎町の経営者」

の、愚痴とも怒りともつかない大きな話し声であり、そして車両の小刻みな揺れと轟音なのだが、読み手はそれよりも、「かぶる」という動詞の連弾によりつよい印象を受けるだろう。「茶人のかぶる」のあとに読点がなく、「隠居のかぶる」とひとつづきによませる冒頭の一文には、ただ単に頭のうえに載せる意味での「かぶる」のみならず、水をざんぶとかぶり、償うことのできない罪をかぶり、毛氈をかぶって失敗するといった一連の意味のつらなりを、明るくほがらかにぶつけてくる奇怪なリズムと勢いがある。

かぶるかぶると胸のうちで躁ぎたてながら、「私」は合戦で斃れた亡霊たちのひしめく関ケ原を抜けて、「京都の郊外」に入る。窓のむこうには、「切り崩された山の中腹一面に、妙な青さの瓦を載せた建売住宅が壁に壁をじかに寄せ、やや斜め横隊に、半歩ずつ退いていくかたちで、ぎっしり並んでいた」と、なにかを崩し、崩したあとになにかを建てる、あたらしいけれどもどこか濁った風の吹き抜ける新開地がひろがっている。

十数台の車両が連結された新幹線は、高速で移動する葬列みたいなものだ。とすれば、なかでひとつだけ異質な食堂車は棺の役割を果たしているのではないだろうか。そこに漂うにおいは、「私」が残したシチューのそれというより、記憶のなかのウルメであり、炙った干魚から発するもので、むしろ腐臭に近い。「無言のうちは」と題された冒頭の一章が暗示するのは、だから文字どおりの無言の世界、死臭が立ちはじめたもうひとつの世界への入り口なのである。

「例の僧侶が四角い書類ケースを提げ、二重回しの懐に皮の財布をしまいながら、ゆったりと私のそばを通り抜けた。楊枝でも口の隅にくわえていないか、と私は後姿を見送り、自分も食堂車から降りるつもりで荷物を運んできているのに座席のほうへ何かを、いや誰かを置き残してきたような、うしろめたさに苦しめられた」

置き残してきたその誰かとは、「私」にほかならない。全十二篇からなるこの連作小説は、いちおう行って帰ってくる紀行文的な作品の体裁を取っているけれど、すでに行きの様子からして尋常ではないのである。「私」は走り去る棺に自分を預けたまま離人してふわふわと地に足をつけず、実際には聞こえていない笑いにつられて、現代の冥界をたどっていくひとりの亡霊となる。重度のペシミズムと、その裏返しの多幸症的なはしゃぎぶりという相反する要素が、「私」を引き裂き、引き裂きつつ支えている。

『山躁賦』の刊行は一九八二年。『櫛の火』『聖』『夜の香り』『栖』とつづく七〇年代の作品群には、主人公がいて、「女」がいて、彼らをとりまく風景があって、その風景もろとも、個々の一人称の頽れていくさまを語る最低限の物語的な構造が見られた。ところが『山躁賦』では、その骨組みこそ残されているものの、まったく異なる場所から、つまり一人称のさらに奥の、より深い場所から言葉が掘り起こされている。この作品を境にして、作者の声には、これまでになかった、どこか吹っ切れたような、不気味な色つやが付与されていくのである。

著者近影

一九八〇年前後、古井由吉は近畿から西の神社仏閣を、というよりそれらをとりまく霊山を訪ね歩いている。比叡山にのぼり、高野山から和歌浦へ、四国へ渡って讃岐の弥谷山へと旅を繰り返し、それとほぼ並行して芭蕉一門の連句、心敬、宗祇らの連歌を読み、じっさいに連句の試みにも参加しはじめている。終わりのあってなきがごとく開かれた連歌の宇宙に加えて、中世の戯れ歌《ざうた》や軍記に取材した言葉たちが、ここには生々しい枕詞のように、また連歌の付句のように現在語の呼吸に張りつけとばかり呼び寄せられている。

自分を列車に置き残した「私」は、山上のホテルからはるか湖岸の光の帯をながめる。京都、志賀、とその出所を言い当て、さらに闇のなかを指さして、珈琲を運んできた男に「あれは霊園ですか」と尋ねる。すると男は、霊園ではなく「団地、分譲住宅地ですが」と応え、「私」はそれで表向き納得してみせるのだが、近代的な動く棺から出てきた彼の目が射抜いているのは、新開地と霊園がほとんど等価にしか映らなくなっている時代の殺伐さであり、その殺伐さを殺伐と思いながらなにもできずにいる自分たちの殺伐さであり、だからこそわきあがってくる苦しまぎれの笑いなのだ。

ふたつの目を持って「私」が最初に出向くのは、地に足をつけすぎて艶れた芭蕉の石山寺、幻住庵で、以降、休む間もなくというほどの密度で展開されるむこうの世界との交流は、「まずたのむ椎の木も有夏木立」の「まずたのむ椎」が軸になる。「やや病身人に倦みて、世をいとひし人に似たり」と自身の立場をつとめて冷静に語る一方、その倦怠や疲労

著者（1981年6月　比叡山にて）　（撮影　菊地信義）

や厭世の思いが先の霊園に似た都市郊外の宅地に飲まれてしまう危険をも「私」は忘れていない。その危険地帯を縫うように、坂本、日吉と歩き、下界がみな霊園に見えるような高みにまで達した「私」の脳裡に、今度は慈円の、「ながむればわが山の端に雪白し都の人よあはれとも見よ」の下の句が浮かび、その山の端で熱に浮かされたような眠れない眠りを眠って、夜中、ふと目をさます。

「一瞬、私はうろうろと自分の身体を、左右の腕から、足の先まで見まわした。どこから来た、何者であるのか、何事に責任があるのか、急いで思出そうとすれば片端から跡かたもなく消える気がした」

　自分が自分でなくなるその瞬間を、あるいは「自分自身の、過去が分身して雪の中を黙々と登ってくる」さまを、「自身のほうが遠景と感じられ」る違和を、「私」は、少し宙に浮いたところから、素顔と覆面のあいだ、麓と頂上のあいだからながめているうち、いつしか雪のなかにさまよい込む。山行き、谷歩きは、『杳子』の時代から変わらぬ背景だが、身を置いた自分が完全に浮きあがって「遠景」になってしまうという乖離状態が、作品のはやい段階で明示されていることには注意が必要だ。先に触れたふたつの要素はずっとついてまわり、「私」は雪のなかを歩きに歩いたあげく意識を失って、棺の一歩手前とも、棺そのものともいえる救急車で白山から下山して、熱に浮かされながら夢のなかで「土間の隅で死んでいるはずの私」を意識する。しかもその「私」は「げらげらっ」と相

『山躁賦』 函
（昭57・4　集英社）

『仮往生伝試文』 函
（平元・9　河出書房新社）

『野川』 カバー
（平16・5　講談社）

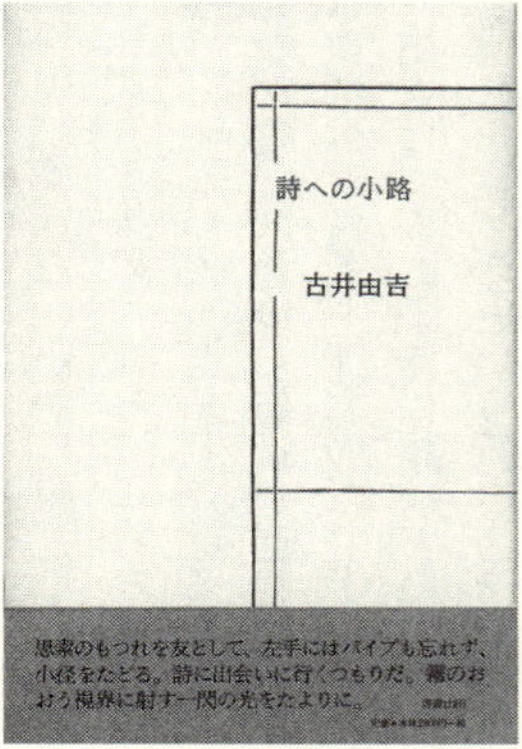

『詩への小路』 表紙・帯
（平17・12　書肆山田）

手に聞こえない声で笑いさえするのだ。目次のうえでは二組ずつ、連歌のごとくつながった章立てが六組ならぶ『山躁賦』の躁ぎは、その後も、夢のなかで精緻な変奏を重ねていくことになる。

だが『山躁賦』を特徴づけているのは、その変奏と変奏のつなぎ、章と章の連結部分が、新幹線の車両間のように規則正しくなされていないことだろう。精緻とはいっても機械のそれではなく、連結の扱い方が精緻であるというだけで、細部は老若男女、長い列をつくって適度に間延びしながら歩いていく野辺送りの結び目に近い。遅れそうになった子どもが少し駆け足であとを追い、疲れて倒れる寸前の老人がそれでもよろよろと進み、担がれた棺に入っているはずの死者は、自分の身体をそこに置いたまま魂を離脱させて、中空から葬列全体をながめている。

胡乱な意識のなか、「私」は平家の物語から飛び出してきた「いかめ房」こと阿闍梨祐慶をまえに、「──なあ、いかめ房よ、どうせ幽霊どもを集めるなら、こんな陰気臭いことではなくて、もっと派手な、面白い躁ぎをやろうじゃないか」と語りかけるのだが、まさに「面白い躁ぎ」になりそこねた野辺送りを見ながら、あと少し修正が遅れたらその細長い列がちぎれてしまうきわどい間合いで、彼は次章へと言葉を運ぶのだ。十年後、一九九二年に刊行された『楽天記』をめぐって、古井由吉はつぎのように語っている。

「小説的な全体をつくるためには、もし最初から構想を立てるという行き方をしたとすれば、それぞれ前の篇をきちんとレシーブしなきゃいけないわけですね。レシーブは、できれば早めに、球が難しくならないうちに受けるのが定石でしょう。ところが、あえてレシーブを暫し怠ると、もう、受けたところで、意識した方向には返せない。そういうタイミングで受けることにしたんです。その時にも、自分でつけた表題を頼みにしました。どちらの方向へ受けるかわからなくなっても、受けること自体がすでに自ずから方向をふくむのだろうと。その時、自分が頼みにした体験が、恐らく連句の付け合いじゃないかと思うんです」(『小説家の帰還』)

禅問答のような言いまわしだが、これはさかのぼって『山躁賦』にも適用可能な発言で、要は、あえて取り返しのつかなくなるぎりぎりのところまで受けのタイミングを遅らせる、ということだろう。ただし、受けることを拒むわけではないから、連結のための細いボルトを探すことが条件になる。夜半過ぎに見た赤い火が戦時下の空襲を呼び覚まし、それが「静こころなく」と題された一篇では叡山の僧兵の焼き討ちに、また平家潰走ののちの大火につながり、そのタイトルが今度は静こころなく花の散るらむからの連想で「花見る人に」の章を招いて、「昨夜は壬生に火事があったらしい」と、その火の出所を明かす書き方で狂躁の決定的瞬間を先送りにしてみせる。全体が狂っていたら、なにひとつ言葉は積まれず、なにひとつ前には進まない。それを受ければ狂気にとらわれるほかなくなるタイミングまでひたすら待って、はじめてもうひとりの「私」の視線でものを見ることが可能になるのだ。

言い方を換えれば、これはまさしく翻訳者のまなざしでもあるだろう。原語を日本語にうつしかえる作業は、むなしい言葉の野辺送りでもあり、生き生きした言葉のやりとりである連句でもあり、両方を一挙にやってのける狂気の業でもある。ふたたび作者の表現を借りれば、『山躁賦』は、ブロッホの翻訳者として植え付けられた狂気の延長のように書き始めてこのかた、ずっと意識してきたという小説の「完全過去」の壁をようやく壊し、なんとか過去時制を使って「起こった」ことを書き得た作品だという（前掲書）。ただし、一読あきらかなとおり、「完全過去」で語ろうとしている「私」を、語っている現在の「私」が亡霊のように追いかける曖昧な堂々めぐりは、したたかに守られている。冥界がそこにある、のではなく、自分のなかに冥界をつくっていこうとするのだ。なにが躁ぐのか。山の音か。それとも、谷の音か。空か、川か、海か。いや、それとも時間か。そうではない。自分をどこかに置いてきてしまった者の、聴覚や触覚といった腑分けをしない感覚すべてが、全身を総毛だたせてもののけのように歩いていくのである。なにが起こっているのかにわかに判断がつかない漠然とした情況だけがつづく、このからからと躁ぐこの山のなかで、漢詩の対句がゆがめられ、磁場が、気圧が、重力が狂う。「茶人のかぶる隠居のかぶる、宗匠のかぶる」亡霊のごとき「私」の仮面が落ちずに引っかかっているのは、「私」と語り手のあいだに、そんな狂いが、表具屋でいうところの、かすかな余裕を持たせる遊びがあるからではないだろうか。

年譜

古井由吉

一九三七年（昭和一二年）

一一月一九日、父英吉、母鈴の三男として、東京都荏原区平塚七丁目（現、品川区旗の台六丁目）に生まれる。父母ともに岐阜県出身。本籍地は岐阜県不破郡垂井町。祖父由之は、明治末、地元の大垣共立銀行の経営立て直しにもかかわった岐阜県選出の代議士であった。

一九四四年（昭和一九年）　七歳

四月、第二延山国民学校に入学。

一九四五年（昭和二〇年）　八歳

五月二四日未明の山手大空襲により罹災、父の実家、岐阜県大垣市郭町に疎開。七月、同市も罹災し、母の郷里、岐阜県武儀郡美濃町（現、美濃市）に移り、そこで終戦を迎える。一〇月、東京都八王子市子安町二丁目に転居。八王子第四小学校に転入。

一九四八年（昭和二三年）　一一歳

二月、東京都港区白金台町二丁目に転居。

一九五〇年（昭和二五年）　一三歳

三月、東京都港区立白金小学校を卒業。四月、港区立高松中学校に入学。

一九五二年（昭和二七年）　一五歳

九月、東京都品川区北品川四丁目（御殿山）に転居。

一九五三年（昭和二八年）　一六歳

三月、虫垂炎をこじらせて腹膜炎で四〇日入院。同月、高松中学校を卒業。四月、独協高校に入学、ドイツ語を学ぶ。九月、都立日比谷高校に転校。同じ学年に福田章二（庄司薫）、塩野七生、二級上に坂上弘がいた。

一九五四年（昭和二九年）一七歳

日比谷高校の文学同人誌『驚起』に加わり、小説一編を書く。この頃、倒産出版社のゾッキ本により、内外の小説を乱読する。

一九五六年（昭和三一年）一九歳

三月、日比谷高校を卒業。四月、東京大学文科二類に入学。「歴史学研究会」に所属、明治維新研究グループに加わる。アルバイトにデパートの売り子などをした。七月、登山の初心者だったが、いきなり北アルプスの針ノ木雪渓に登らされた。

一九六〇年（昭和三五年）二三歳

三月、東京大学文学部ドイツ文学科を卒業。卒業論文はカフカ、主に「日記」を題材とした。四月、同大学大学院修士課程に進む。

一九六二年（昭和三七年）二五歳

三月、大学院修士課程を修了。修士論文はヘルマン・ブロッホ。四月、助手として金沢大学に赴任、金沢市材木町七丁目（現、橋場町五番）の中村印房に下宿。土地柄、酒に親しむようになった。『金沢大学法文学部論集』に「『死刑判決』に至るまでのカフカ」を載せる。岩手、秋田の国境の山を歩いた。

一九六三年（昭和三八年）二六歳

一月、北陸大豪雪（三八豪雪）に遭う。半日屋根に上がって雪を降ろし、夜は酒を呑んで四膳飯を食うという生活が一週間ほど続いた。銭湯でしばしば学生に試験のことをたずねられて閉口した。ピアノの稽古を始めて、ふた月でやめる。夏、白山に登る。

一九六四年（昭和三九年）二七歳

一一月、岡崎睿子と結婚、金沢市花園町に住む。ロベルト・ムージルについての小論文を学会誌に発表。
一九六五年（昭和四〇年）　二八歳
四月、立教大学に転任、教養課程でドイツ語を教える。ヘルマン・ブロッホ、ノヴァーリス、ニーチェについて、それぞれ小論文を立教大学紀要および論文集に発表。北多摩郡上保谷に住む。
一九六六年（昭和四一年）　二九歳
文学同人「白描の会」に参加。同人に、平岡篤頼・高橋たか子・近藤信行・米村晃多郎らがいた。一二月、エッセイ「実体のない影」を『白描』七号に発表。この年はもっぱら翻訳に励み、また一般向けの自然科学書をよく読んでいた。
一九六七年（昭和四二年）　三〇歳
四月、ヘルマン・ブロッホの長編小説「誘惑者」を翻訳して筑摩書房版『世界文学全集56 ブロッホ』に収めて刊行。／九月、長女麻子生まれる。ギリシャ語の入門文法をひと通りさらったが、後年続かず、この夏から手を染めた競馬のほうは続くことになった。
一九六八年（昭和四三年）　三一歳
一月、処女作「木曜日に」を『白描』八号、一一月「先導獣の話」を同誌九号に発表。／一〇月、ロベルト・ムージルの「愛の完成」「静かなヴェロニカの誘惑」を翻訳、筑摩書房版『世界文学全集49 リルケ　ムージル』に収めて刊行。／九月、世田谷区用賀二丁目に転居。一二月、虫歯の治療をまとめておこない、初めて医者から、老化ということをほのめかされた。
一九六九年（昭和四四年）　三二歳
七月「菫色の空に」を『早稲田文学』、八月「円陣を組む女たち」を『海』創刊号、一一月「私のエッセイズム」を『新潮』、「子供たちの道」を『群像』、「雪の下の蟹」を『白描』一〇号に発表。『白描』への掲載はこの号でひとまず終了。／四月、八十岡英治の推輓で、学芸書林版『現代文学の発見』別巻『孤独のたたかい』に「先導獣の話」が収められる。／一〇月、次女有子が生まれる。この年、大学紛争盛ん。

一九七〇年（昭和四五年）　三三歳

二月「不眠の祭り」を『海』、五月「男たちの円居」を『新潮』、八月「杏子」を『文芸』、一一月「妻隠」を『群像』に発表。／六月、第一作品集『円陣を組む女たち』（中央公論社）、七月『男たちの円居』（講談社）を刊行。／三月、立教大学を助教授で退職。八年続いた教師生活をやめる。この年、『文芸』などの仕事により阿部昭・黒井千次・後藤明生らを知る。作家たちと話した初めての体験であった。一一月、母親の急病の知らせに駆けつけると、ちょうど三島由紀夫死去のニュースが入った。

一九七一年（昭和四六年）　三四歳

二月より『文芸』に「行隠れ」の連作を開始（一一月まで全五編で完結）。三月「影」を『文学界』に発表。／一月『杏子・妻隠』（河出書房新社）を刊行。一一月、「新鋭作家叢書」全一八巻の一冊として『古井由吉集』を河出書房新社より刊行。／一月「杏子」により第六四回芥川賞を受賞。二月、母鈴死去。六二歳。親類たちに悔やみと祝いを一緒に言われることになった。五月、平戸から長崎まで、小説の《現場検証》のため旅行。

一九七二年（昭和四七年）　三五歳

二月「街道の際」を『新潮』、四月「水」を『季刊芸術』春季号、九月「狐」を『文学界』、一一月「衣」を『文芸』に発表。／三月『行隠れ』（河出書房新社）を刊行。一一月、講談社版『現代の文学36』に李恢成・丸山健二・高井有一とともに作品が収録される。／一月、山陰旅行。八月、金沢再訪。一二月、土佐高知に旅行、雪に降られる。

一九七三年（昭和四八年）　三六歳

一月「弟」を『文芸』、「谷」を『新潮』、五月「畑の声」を『新潮』に発表。九月より「櫛の火」を『文芸』に連載（七四年九月完結）。／二月『筑摩世界文学大系64　ムージル　ブロッホ』に「愛の完成」「静かなヴェロニカの誘惑」「誘惑者」の翻訳を収録刊行。四月『水』（河出書房新社）、六月『雪の下の蟹・男たちの円居』（講談社文庫）を刊行。／三月、奈良へ旅行、東大寺二月堂の修二会のお水取りの行を外陣より見学する。八月、佐渡へ旅行。九月、新潟・秋田・盛岡をまわる。

一九七四年（昭和四九年）　三七歳

三月『円陣を組む女たち』（中公文庫）、一二月『櫛の火』（河出書房新社）を刊行。／二月、京都へ。神社仏閣よりも京都競馬場へ急行した。四月、関西のテレビに天皇賞番組のゲストとして登場する。七月、ダービー観戦記「橙色の帽子を追って」を日本中央競馬会発行の雑誌『優駿』に書く。八月、新潟まで競馬を見に行く。

一九七五年（昭和五〇年）　三八歳

一月「雫石」を『季刊芸術』冬季号、「駆ける女」を『新潮』に発表。同月より「聖」を『波』に連載（一二月完結）。／三月『櫛の火』が日活より神代辰巳監督で映画化される。六月『文芸』で、吉行淳之介と対談。

一九七六年（昭和五一年）　三九歳

一月「櫟馬」を『文芸』、三月「夜の香り」を『新潮』、四月「仁摩」を『季刊芸術』春季号に発表。六月「女たちの家」を『婦人公論』に連載（九月完結）。一〇月「哀原」を『文学界』、一一月「人形」を『太陽』に発表。／五月『聖』（新潮社）を刊行。／この頃から高井有一・後藤明生・坂上弘と寄り合う機会が多くなった。三月、『文芸』で武田泰淳と対談（一〇月武田泰淳死去）。一一月、九州からの帰りに奈良に寄り、東大寺の三月堂の観音と戒壇院の四天王をつくづく眺めた。

一九七七年（昭和五二年）四〇歳

一月「赤牛」を『文学界』、五月「女人」を『プレイボーイ』、六月「安堵」を『すばる』に発表。九月、後藤明生・坂上弘・高井有一と四人でかねて企画準備中だった同人雑誌『文体』を創刊、「栖」を創刊号に発表。一〇月「池沼」を『文学界』、一二月「肌」を『文体』二号に発表する。／二月『女たちの家』（中央公論社）、一一月『哀原』（文芸春秋）を刊行。／四月、京都東本願寺の職員組合に招かれ、若い僧侶たちと呑む。八月、金沢に旅行して金石・大野あたりの、室生犀星も遊んだはずの、渚と葦原が、埋め立てられて臨海石油基地になっているのを見て啞然とさせられる。帰路、新潟に寄る。

一九七八年（昭和五三年）四一歳

三月「湯」を『文体』三号、四月「椋鳥」を『海』、六月「背」を『文体』四号、七月「親坂」を『世界』、九月「首」を『文体』五号、一一月「子安」を『小説現代』、一二月「子」を『文体』六号に発表。／六月『筑摩現代文学大系96』に黒井千次・李恢成・後藤明生とともに作品が収録される。一〇月『夜の香り』（新潮社）を刊行。／四月、若狭の矢代という漁村に「手杵祭」という祭りを見に行く。一二月、大阪での仕事の帰りに京都・奈良に寄る。同月、美濃・近江・若狭をめぐる。さまざまな観音像に出会った。この旅により菊地信義を知る。

一九七九年（昭和五四年）四二歳

一月「咳花」を『文学界』、三月「道」を『文体』七号、六月「葛」を『文体』八号、七月「牛男」を『新潮』、九月「宿」を『文体』九号、一〇月「痩女」を『海』、一二月「雨」を『文体』一〇号に発表。／九月『女たちの家』（中公文庫）、一〇月『行隠れ』

（集英社文庫）、一一月『栖』（平凡社）、一二月『杳子・妻隠』（新潮文庫）を刊行。／この頃から、芭蕉たちの連句、心敬・宗祇らの連歌、さらに八代集へと、逆繰り式に惹かれるようになった。三月、丹波・丹後へ車旅。六月、郡上八幡、九頭竜川、越前大野、白山、白川郷、礪波、金沢、福井まで車旅、大江山を越える。八月、久しぶりの登山、安達太良山に登ったが、小学生たちにずんずん先を行かれた。一〇月、北海道へ車旅、根釧湿原のほとりに立つ。一二月、新宿のさる酒場で文芸編集者たちの歌謡大会の審査員をつとめた。この頃から『文体』の編集責任の番が回ってきたので、自身も素人編集者として忙しく出歩いた。

一九八〇年（昭和五五年）　四三歳

一月「あなたのし」を『文学界』に発表。エッセイ「一九八〇年のつぶやき」を『日本経済新聞』に全二四回連載（六月まで）。三月「声」を『文体』一一号、四月「あなおもしろ」を『海』に発表。五月より「無言のうちは」を『青春と読書』に隔月連載（八二年二月完結）。六月「親」を『文体』一二号（終刊号）、一〇月「明けの赤馬」を『新潮』に発表。一一月「槿」を寺田博主幹の『作品』創刊号に連載開始。／二月『水』（集英社文庫）、四月～六月『全エッセイ』全三巻（作品社、四月『山に行く心』、五月『言葉の呪術』、六月『日常の〝変身〟』）、八月『椋鳥』（中央公論社）、一二月『親』（平凡社）を刊行。／二月、比叡山に登り雪に降られる。帰ってきて山の祟りか高熱をだした。五月、近江の石塔寺、信楽、伊賀上野、室生寺、聖林寺まで旅行した。その四日後のダービーの翌日、一二年来の栖を移り、同じ棟の七階から二階へ下ってきた。半月後に、腰に鈴を付けて大峰山に登る。五月『栖』により第一二回日本文学大賞を受賞。鮎川信夫と対談。六月

『文体』が一二号をもって終刊となる。一〇月、高野山から和歌浦、四国へ渡って讃岐の弥谷山まで旅行。

一九八一年（昭和五六年）　四四歳

一月「家のにおい」を『文学界』、二月「静かさや」を『文芸春秋』、四月「団欒」を『群像』、六月「冬至過ぎ」を『すばる』、一〇月「蛍の里」を『群像』、一一月「芋の月」を『すばる』に発表。同月『作品』の休刊により中断していた「槿」の連載を新雑誌『海燕』で再開（八三年四月完結）。一二月「知らぬおきなに」を『新潮』に発表。／六月『新潮現代文学80　聖・妻隠』（新潮社）、一二月『櫛の火』（新潮文庫）を刊行。／一月、成人の日に粟津則雄宅に、吉増剛造・菊地信義と集まり連句を始める。ずぶの初心者が発句を吟《よ》まされる。「越の梅初午近き円居かな」。二月、京都・伏見・鞍馬・小塩・水無瀬・石清水などをまわる。六月、福井から敦賀、色の浜、近江、大垣まで「奥の細道」の最後の道のりをたどる。また、雨の比叡山に時鳥の声を聞きに行き、ついで朽木から小浜まで足をのばし、また峠越えに叡山までもどる。同じく六月、東京のすぐ近辺で蛍の群れるところを見た。七月、父親が入院、病院通いが始まった。

一九八二年（昭和五七年）　四五歳

一月「囀りながら」を『海』、エッセイ「風雅和歌集」を『読売新聞』（一一〜一四、一六日）に発表。二月『青春と読書』に隔月で連載した作品が第一二回「帰る小坂の」で完結（『山躁賦』としてまとめられる）。四月「陽気な夜まわり」を『群像』、七月「飯を喰らう男」を同じく『群像』に発表。同月『図書』に連載エッセイ「私の《東京物語》考」を始める（八三年八月まで）。／四月『山躁賦』（集英社）を刊行。九月、文芸春秋『芥川賞全集』第八巻に「杳子」を収録刊行。同月より『古井由吉 作品』全七巻を河出書房新社より毎月一巻刊行開始（八三年三月完結）。／六月、『優駿』の依頼で、北海道は浦河の奥、杵臼の斎藤牧場まで行き、天皇賞馬モンテプリンス号の育成の苦楽を斎藤氏一家にたずねるうちに、父英吉死去の知らせが入った。八〇歳。

一九八三年（昭和五八年）　四六歳

一月より「一九八三年のぼやき」を共同通信配信の各紙において全一二回連載。四月二五日より八四年三月二七日まで、『朝日新聞』の「文芸時評」を全二四回連載。八月『図書』連載の「私の《東京物語》考」完結。一二月、菊地信義と対談「本が発信する物としての力」を『海』に載せる。／六月『槿』（福武書店）を刊行。／九月、仲間が作品集完結祝いをしてくれる。同月『槿』で第一九回谷崎潤一郎賞を受賞。

一九八四年（昭和五九年）　四七歳

一月「裸々虫記」を『小説現代』に連載（八五年一二月完結）。九月「新開地より」を『海燕』、一〇月「客あり客あり」を『群像』に発表。一一月、吉本隆明と対談「現在における差異」を『海燕』に掲載。一二月「夜はいま――」を『潭』一号に発表。／三月『東京物語考』（岩波書店）、四月『グリム幻想』（ＰＡＲＣＯ出版局、東逸子と共著）、一一月、エッセイ集『招魂のささやき』（福武書店）を刊行。／六月、北海道の牧場をめぐる。九月『海燕』新人文学賞選考委員をつとめる（八九年まで）。一〇月、二週間の中国旅行、ウルムチ、トルファンまで行く。一二月、同人誌『潭』創刊。編集同人粟津則雄・入沢康夫・渋沢孝輔・中上健次・古井由吉、デザイナー菊地信義。

一九八五年（昭和六〇年）　四八歳

一月「壁の顔」を『海燕』、二月「邯鄲の」を『すばる』、四月「叫女」を『潭』二号に発表。エッセイ「馬事公苑前便り」を『優駿』に連載（八六年三月まで）。五月「斧の子」を『三田文学』、六月「眉雨」を『海燕』、八月「道なりに」を『潭』三号、九月「踊り場参り」を『新潮』、一一月「秋の日」を『文学界』、一二月「沼のほとり」を『潭』四号に発表。／三月『明けの赤馬』（福武書店）刊行。／八月、日高牧場めぐり。

一九八六年（昭和六一年）四九歳

一月「中山坂」を『海燕』に発表。二月、『文芸』春季号に「厠の静まり」を連作『仮往生伝試文』の第一作として発表（八九年五月『文芸』春季号「また明後日ばかりまゐるべきよし」で完結）。四月「朝夕の春」を『潭』五号に発表。『優駿』の連載エッセイを「こんな日もある　折々の馬たち」のタイトルで再開。九月「卯の花朽たし」を『潭』六号、エッセイ「変身の宿」を『読売新聞』（一九日）、一二月「椎の風」を『潭』七号に発表。／一月『裸々虫記』（講談社）、二月『眉雨』（福武書店）、『聖・栖』（新潮文庫）、三月『「私」という白道』（トレヴィル）を刊行。／一月芥川賞選考委員となる（二〇〇五年一月まで）。三月、一ヵ月にわたり粟津則雄・菊地信義・吉増剛造らとヨーロッパ旅行。吉増剛造運転の車により六〇〇〇キロほど走る。一〇月岐阜市、一一月船橋市にて、前記の三氏と公開連句を行う。

一九八七年（昭和六二年）五〇歳

一月「来る日も」を『文学界』、「年の道」を『海燕』、二月「正月の風」を『青春と読書』、「大きな家に」を『潭』八号、八月「露地の奥に」を『新潮』、九月「往来」を『潭』九号に発表。一〇月、エッセイ「二十年ぶりの対面」を『読売新聞』（三一日）に掲載。一一月「長い町の眠り」を『石川近代文学全集10』に書き下ろす。／三月『夜はいま』（福武書店）、四月『山躁賦』（集英社文庫）、八月『フェティッシュな時代』（トレヴィル、田中康夫と共著）、九月、吉田健一・福永武彦・丸谷才一・三浦哲郎とともに『昭和文学全集23』（小学館）、一一月『石川近代文学全集10　曽野綾子・五木寛之・古井由吉』（石川近代文学館）、『夜の香り』（福武文庫）、一二月、ムージルの旧訳を改訂した『愛の完成／静かなヴェロニカの誘惑』（岩波文庫）を刊行。／一月、備前、牛窓に旅行。二月、熊野の火祭に参加、ついで木津川、奈良、京都、近江湖北をめぐる。四月「中山坂」で第一四回川端康成文学賞受賞。八月、姉柳沢愛子死去。

一九八八年（昭和六三年）　五一歳

一月「庭の音」を『海燕』、随筆「道路」を『文学界』、四月「閑の頃」を『海燕』に発表。『すばる』臨時増刊《石川淳追悼記念号》に「石川淳の世界　五千年の涯」を載せる。五月「風邪の日」を『新潮』に、七月「畑の縁」を『海燕』に、一〇月「瀬田の先」を『文学界』に発表。／二月『雪の下の蟹・男たちの円居』（講談社文芸文庫）、四月、随想集『日や月や』（福武書店）、七月『ムージル　観念のエロス』（岩波書店）、『槿』（福武文庫）、一一月、古井由吉編『日本の名随筆73　火』（作品社）を刊行。／一〇月、カフカ生誕の地、チェコの首都プラハなどに旅行。

一九八九年（昭和六四年・平成元年）　五二歳

一月「息災」を『海燕』に、三月「髭の子」を『文学界』に発表。四月「旅のフィールド・ノート〈オーストラリア〉」を『中央公論』に連載（七月まで）。七月「わずか十九年」を『海燕』阿部昭追悼特集に、「昭和の記憶　安堵と不逞と」を『太陽』に発表。八月『毎日新聞』に掌編小説「おとなり」（二日）を載せる。一〇月まで「読書ノート」を『文学界』に連載。一一月「影くらべ」を

『群像』に発表。『すばる』に「インタビュー文芸時評　古井由吉と『仮往生伝試文』」（聞き手・富岡幸一郎）が載る。／五月『長い町の眠り』（福武書店）、九月『仮往生伝試文』（河出書房新社）、一〇月『眉雨』（福武文庫）を刊行。／二月、『中央公論』の連載のためオーストラリアに旅行。

一九九〇年（平成二年）　五三歳

一月『新潮』に「楽天記」の連載を開始（九一年九月完結）。五月、随筆「つゆしらず」を『文学界』、八月「夏休みのたそがれ時」を『日本経済新聞』（一九日）、九月「読書日記」を『中央公論』に発表。／三月『東京物語考』を同時代ライブラリーとして岩波書店より刊行。／二月、第四一回読売文学賞小説賞（平成元年度）を『仮往生伝試文』によって受賞。九月末からヨーロッパ旅行。一〇月初め、フランクフルトで開かれた日本文学とヨーロッパに関する国際シンポジウムに大江健三郎、安部公房らと出席。折しも、東西両ドイツ統合の時にいあわせる。その後、ドイツ国内、ウィーン、プラハを訪れる。

一九九一年（平成三年）　五四歳

一月「文明を歩く――統一の秋の風景」を『読売新聞』（二一〜三〇日）に連載。二月「平成紀行」を『文芸春秋』に発表。『青春と読書』に「都市を旅する　プラハ」を連載（八月まで四回）。三月、エッセイ「男の文章」を『文学界』に発表。六月「天井を眺めて」を『日本経済新聞』（三〇日）に掲載。九月「楽天記」（『新潮』）完結。一一月より九二年二月まで『すばる』にエッセイを連載。／三月、新潮古典文学アルバム21『与謝蕪村・小林一茶』（新潮社、藤田真一と共著）を刊行。／二月、頸椎間板ヘルニアにより約五〇日間の入院手術を余儀なくされる。四月退院。一〇月、長兄死去。

一九九二年（平成四年）　五五歳

一月『海燕』に連載を開始（第一回「寝床の上から」）。二月「蝙蝠ではないけれど」を『文学界』に発表。三月、養老孟司との対談「身体を言語化すると……」を『波』、四月、江藤淳と対談「病気について」を『海燕』、松浦寿輝と対談「『私』と『言語』の間で」を『ルプレザンタシオン』春号に載せる。『朝日新聞』（六～一〇日）に「出あいの風景」を執筆。五月、平出隆と対談「『楽天』を生きる」を『新潮』、六月、エッセイ「だから競馬は面白い」を『文芸春秋』、七月「昭和二十一年八月一日」を『中央公論』、九月、吉本隆明と対談「漱石的時間の生命力」を『新潮』に掲載。／一月『招魂としての表現』（福武文庫）、三月『楽天記』（新潮社）を刊行。

一九九三年（平成五年）　五六歳

一月、大江健三郎と対談「小説・死と再生」を『群像』、随筆「この八年」を『新潮』、「無知は無垢」を『青春と読書』に載せる。『文芸春秋』に美術随想「聖なるものを訪ねて」を一二月まで連載。五月、「魂の日」（連載最終回）を『海燕』に発表。七月、創作「木犀の日」と評論「凝滞する時間」を『文学界』に発表。同月四日から一二月二六日までの各日曜日に『日本経済新聞』に「こころ」と題して随想を連載。八月「初めの言葉として《わたくし》」を『群像』に発表。九月、吉本隆明と対談「心の病いの時代」を『中央公論　文芸特集』、一一月「鏡を避けて」を『文芸』秋季号に載せる。／八月『魂の日』（福武書店）、一二月『小説家の帰還　古井由吉対談集』（講談社）を刊行。／夏、柏原兵三の遺児光太郎君とベルリンを歩く。

一九九四年（平成六年）　五七歳

一月「鳥の眠り」を『群像』、江藤淳と対談「文学＝隠蔽から告白へ――『漱石とその時代　第三部』について」を『新潮』、二月

「追悼野口冨士男　四月一日晴れ」を『文芸』春季号、随筆「赤い門」を『文学界』、「ボケへの恐怖」を『新潮45』、三月「背中ばかりが暮れ残る」を『群像』、奥泉光と対談「超越への回路」を『文学界』に掲載。七月『新潮』に「白髪の唄」の連載を始める（九六年五月まで）。七月四日より一二月一九日まで『読売新聞』の「森の散策」にエッセイを寄稿。九月「陰気でもない十二年」を『本』に、一〇月『世界』に「日暮れて道草」の連載を開始（九六年一月まで）。／四月、随想集『半日寂寞』（講談社）、『水』（講談社文芸文庫）、八月『陽気な夜まわり』（講談社）、一二月、古井由吉編『馬の文化叢書9文学　馬と近代文学』（馬事文化財団）を刊行。

一九九五年（平成七年）　五八歳

一月「地震のあとさき」を『すばる』、「新宿から山登り」を『青春と読書』、二月、柳瀬尚紀と対談「ポエジーの『形』がない時代の表現」を『海燕』、「震災で心に抱えこむいらだちと静まり」を『朝日新聞』（一六日）、四月、高橋源一郎と対談「表現の日本語」を『群像』、八月「『内向の世代』のひとたち」（講演記録）を『三田文学』に掲載。／五月『ムージル著作集』（松籟社刊）第七巻に「静かなヴェロニカの誘惑」「愛の完成」を収録。一〇月、競馬随想『折々の馬たち』（角川春樹事務所）、一一月『楽天記』（新潮文庫）を刊行。

一九九六年（平成八年）　五九歳

一月「日暮れて道草」（『世界』）の連載完結。五月「白髪の唄」（『新潮』）の連載完結。六月、福田和也と対談「言語欺瞞に満ちた時代に小説を書くということ」を『海燕』、六月「信仰の外から」を『東京新聞』（七日）、七月、大江健三郎と対談「百年の短編小説を読む」を『新潮』臨時増刊号、八月

『早稲田文学』に小島信夫・後藤明生・平岡篤頼らと座談会「われらの世紀の文学は」を掲載。一一月『群像』に連作「死者たちの言葉」の連載を開始。一二月、「クレーンクレーン」（連作　その二）を『群像』に、江藤淳との対談「小説記者夏目漱石――『漱石とその時代　第四部』をめぐって」を『新潮』に掲載。／六月『神秘の人びと』（岩波書店、「日暮れて道草」の改題）、八月『白髪の唄』（新潮社）、『山に彷徨う心』（アリアドネ企画）を刊行。

一九九七年（平成九年）　六〇歳

一月『群像』に、連作「島の日（死者たちの言葉　その三）」（以下、三月「火男」、四月「不軽」、五月「山の日」、七月「草原」、八月「百鬼」、九月「ホトトギス」、一一月「通夜坂」、一二月「夜明けの家」、九八年二月「死者のように」で完結）を発表。同月、中村真一郎との対談「日本語の連続と非連続」を『新潮』、随筆「姉の本棚　謎の書き込み」を『文学界』に掲載。二月「午の春に」（随筆）を『文芸』春季号に発表。六月「詩への小路」を『るしおる』（書肆山田）に連載開始（二〇〇五年三月まで）。七月「《追悼石和鷹》気をつけてお帰りください　石和鷹の声」を『すばる』に発表。一二月、西谷修と対談「全面内部状況からの出発」を『新潮』に掲載。／一月『白髪の唄』により第三七回毎日芸術賞受賞。

一九九八年（平成一〇年）　六一歳

二月「死者のように」を『群像』に掲載。八月、津島佑子と対談「生と死の往還」を『群像』に掲載。八月より、佐伯一麦との往復書簡を『波』に連載（翌年五月まで）。一〇月、藤沢周と対談「言葉を響かせる」を『文学界』に掲載。／四月、短篇集『夜明けの家』（講談社）を刊行。／三月五日から一七日、右眼の網膜円孔（網膜に微小の孔があく）の手術のため東大病院に入院。四月、河内長野の観心寺を再訪、如意輪観音の開帳に会う。同行、菊地信義。五月一四日から二五日、再入院再手術。七月、国東半島および臼《うす》杵《き》に、九月、韓国全羅南道の雲住寺に、石仏を訪ねる。一一月五日から一一日、右眼網膜円孔に伴う白内障の手術のため東大病院に入院。

一九九九年（平成一一年）六二歳

一月、花村萬月と対談「宗教発生域」を『新潮』に掲載。二月より「夜明けまで」に始まる連作を『群像』に発表（以下、三月「晴れた眼」、五月「白い糸杉」、六月「犬の道」、八月「朝の客」、九月「日や月や」、一一月「苺」、二〇〇〇年二月「初時雨」、同三月「年末」、同四月「火の手」、同六月「知らぬ唄」、同七月「聖耳」で完結）。／一〇月、佐伯一麦との往復書簡集『遠くからの声』（新潮社）を刊行。／二月一五日から二三日、左眼に網膜円孔発症、前年の執刀医の転勤を追って、東京医科歯科大病院に入院。同じ手術を受ける。五月六日から一一日、左眼網膜治療に伴う白内障手術のため東大病院に入院。以後、右眼左眼ともに健全。八月五、六日、大阪に行き、後藤明生の通夜告別式に参列、弔辞を読む。一〇月一〇日から三〇日、野間国際文芸翻訳賞の授賞に選考委員として出席のためにフランクフルトに行き、ついでに南ドイツからコルマール、ストラスブールを回る。

二〇〇〇年（平成一二年）六三歳

九月、松浦寿輝と対談「いま文学の美は何処にあるか」を『文学界』に、一〇月、山城むつみと対談「静まりと煽動の言語」を『群像』に、一一月、島田雅彦、平野啓一郎と鼎談「三島由紀夫不在の三十年」を『新潮』臨時増刊に掲載。／九月、連作短篇集『聖耳』（講談社）を刊行。一〇月、『二〇世紀の定義

1　二〇世紀への問い』（岩波書店）のなかに、「二〇世紀の岬を回り」を書く。／一〇月、長女麻子結婚。一一月、新宿の酒場「風花」で朗読会。以後、三ヵ月ほどの間隔で定期的に、毎回ホスト役をつとめ、ゲストを一人ずつ招いて続け、現在に至る。

二〇〇一年（平成一三年）　六四歳

一月より、「八人目の老人」に始まる連作を『新潮』に発表（以下、二月「槌の音」、三月「白湯」、四月「巫女さん」、五月「枯れし林に」、六月「春の日」、八月「或る朝」、九月「天躁」、一〇月「峯の嵐か」、一一月「この日警報を聞かず」、一二月「坂の子」、二〇〇二年一月「忿翁」で完結）。一〇月から『毎日新聞』で松浦寿輝と往復書簡「時代のあわいにて」を交互隔月に翌年一一月まで連載。／五月、『二〇世紀の定義7　生きること死ぬこと』（岩波書店）に「『時』の沈黙」を書く。／三月三日、風花朗読会が旧知の河出書房新社編集者、飯田貴司の通夜にあたり、焼香の後風花に駆けつけ、ネクタイを換えて朗読に臨む。一一月、次女有子結婚。

二〇〇二年（平成一四年）　六五歳

三月、齋藤孝と対談「声と身体に日本語が宿る」を『文学界』に、四月、養老孟司と対談「日本語と自我」を『群像』に、同月、奥山民枝と対談「怒れる翁とめでたい翁」を『波』に掲載。六月、連作「青い眼薬」を『群像』に連載開始（六月「1・埴輪の馬」、七月「2・石の地蔵さん」、八月「3・野川」、九月「4・背中から」、一〇月「5・忘れ水」、一一月「6・睡蓮」、一二月「7・彼岸」）。一〇月、中沢新一、平出隆と鼎談「正岡子規没後百年」を『新潮』に掲載。／三月、短篇集『忿翁』（新潮社）を刊行。／九月、長女麻子に長男生まれる。一一月四日から二〇日、朗読とシンポジウムのため、ナント、パリ、ウィーン、インスブルック、メラノに行く。二一日から二九日、ウィーンで休暇。

二〇〇三年（平成一五年）六六歳

一月、小田実、井上ひさし、小森陽一と座談会「戦後の日米関係と日本文学」を『すばる』に掲載。一月五日から日曜毎に、随筆「東京の声・東京の音」を『日本経済新聞』に連載（一二月まで）。三月、連作「青い眼薬」を『群像』に掲載（三月「8・旅のうち」、四月「9・紫の蔓」、五月「10・子守り」、六月「11・花見」、七月「12・徴《しるし》」、九月「13・森の中」、一〇月「14・蝉の道」、一二月「15・夜の髭」）。四月、高橋源一郎と対談「文学の成熟曲線」を『新潮』に掲載。／一月二三日から三〇日、NHK・BS「わが心の旅」の取材のため、リーメンシュナイダーの祭壇彫刻を求め、かたわら中世末の《聖女》マルガレータ・フォン・エブナーの跡をたずね、ヴュルツブルク、ローテンブルク、メディンゲンなどを歩く。九月、南フランスでシンポジウム。

二〇〇四年（平成一六年）六七歳

一月、『群像』に連作「青い眼薬」の完結篇「16・一滴の水」を発表。六月、高橋源一郎、島田雅彦と座談会「罰当たりな文士の懺悔」を『新潮』に掲載。七月、「辻」に始まる連作を『新潮』に発表（以下、八月「風」、九月「役」、一一月「割符」、一二月「受胎」）。八月、平出隆と対談「小説の深淵に流れるもの」を『群像』に掲載。／五月、連作短篇集『野川』（講談社）を刊行。一〇月、随筆集『ひととせの――東京の声と音』（日本経済新聞社）を刊行。一二月、新装新版『仮往生伝試文』（河出書房新社）を刊行。

二〇〇五年（平成一七年）六八歳

一月、連作「辻」を『新潮』に不定期連載（一月「草原」、三月「暖かい髭」、四月「林の声」、五月「雪明かり」、七月「半日の花」、八月「白い軒」、九月「始まり」で完結)。五月、寺田博と対談「「かろうじて」の文学」を『早稲田文学』に掲載。／一月、『聖なるものを訪ねて』(ホーム社・集英社発売)刊行。一二月、一九九七年六月から二〇〇五年三月まで『るしおる』に二五回にわたって連載した『詩への小路』(書肆山田)を刊行(ライナー・マリア・リルケ「ドゥイノの悲歌」の試訳をふくむ)。／一〇月、長女麻子に長女生まれる。

二〇〇六年(平成一八年)　六九歳

一月、「休暇中」を『新潮』に発表。三月、蓮實重彥と対談「終わらない世界へ」を『新潮』に掲載。四月、連作「黙躁」を『群像』に連載開始(四月「1・白い男」、五月「2・地に伏す女」、六月「3・繰越坂」、八月「4・雨宿り」)。七月、高橋源一郎、山田詠美との座談会「権威には生贄が必要」を『群像』に掲載。／一月、連作短篇集『辻』(新潮社)を刊行。／四月、次女有子に長男生まれる。

(著者編)

著書目録

古井由吉

【単行本】

円陣を組む女たち	昭45・6	中央公論社
男たちの円居	昭45・7	講談社
杳子・妻隠	昭46・1	河出書房新社
行隠れ	昭47・3	河出書房新社
水	昭48・4	河出書房新社
櫛の火	昭49・12	河出書房新社
聖	昭51・5	新潮社
女たちの家	昭52・2	中央公論社
哀原	昭52・11	文芸春秋
夜の香り	昭53・10	新潮社
栖	昭54・11	平凡社
椋鳥	昭55・8	中央公論社
親	昭55・12	平凡社
山躁賦	昭57・4	集英社
槿	昭58・6	福武書店
東京物語考	昭59・3	岩波書店
グリム幻想*	昭59・4	ＰＡＲＣＯ出版局
招魂のささやき	昭59・11	福武書店
明けの赤馬	昭60・3	福武書店
裸々虫記	昭61・1	講談社
眉雨	昭61・2	福武書店
「私」という白道	昭61・3	トレヴィル
夜はいま	昭62・3	福武書店
フェティッシュな時代*	昭62・8	トレヴィル

日や月や　昭63・4　福武書店
ムージル　観念のエロス　昭63・7　岩波書店
長い町の眠り　平元・5　福武書店
仮往生伝試文　平元・9　河出書房新社
与謝蕪村・小林一茶*（新潮古典文学アルバム21）　平3・3　新潮社
楽天記　平4・3　新潮社
魂の日　平5・8　福武書店
小説家の帰還*　平5・12　講談社
半日寂寞　平6・4　講談社
陽気な夜まわり　平6・8　講談社
折々の馬たち　平7・10　角川春樹事務所
神秘の人びと　平8・6　岩波書店
白髪の唄　平8・8　新潮社
山に彷徨う心　平8・8　アリアドネ企画
夜明けの家　平10・4　講談社
遠くからの声*　平11・10　新潮社
聖耳　平12・9　講談社
忿翁　平14・3　新潮社
野川　平16・5　講談社
ひととせの　東京の声と音　平16・10　日本経済新聞社
聖なるものを訪ねて　平17・1　ホーム社
詩への小路　平17・12　書肆山田
辻　平18・1　新潮社

【翻訳】

世界文学全集56　ブロッホ　昭42　筑摩書房
世界文学全集49　リルケ　ムージル　昭43　筑摩書房
筑摩世界文学大系64　ムージル　ブロッホ　昭48　筑摩書房
愛の完成　静かなヴェロニカの誘惑（ムージル）　昭62　岩波文庫

ムージル著作集7　平7　松籟社
全エッセイ　全3巻　昭55・4〜6　作品社

【全集】
古井由吉 作品　全7巻　昭57・9〜58・3　河出書房新社
全集・現代文学の発見　別巻（孤独のたたかい）　昭44　学芸書林
新鋭作家叢書（古井由吉集）　昭46　河出書房新社
現代の文学36　昭47　講談社
筑摩現代文学大系96　昭53　筑摩書房
新潮現代文学80　昭56　新潮社
芥川賞全集8　昭57　文芸春秋
昭和文学全集23　昭62　小学館
石川近代文学全集10　昭62　石川近代文学館
日本の名随筆73　昭63　作品社

文芸春秋短篇小説館（「平成紀行」収録）　平3　文芸春秋
馬の文化叢書9　平6　馬事文化財団
川端康成文学賞全作品Ⅱ　平11　新潮社
戦後短篇小説選5（「親坂」収録）　平12　岩波書店
山形県文学全集第Ⅱ期4　昭和戦後編2（「秋雨の最上川」収録）　平17　郷土出版社

【文庫】
雪の下の蟹・男たちの円居（解＝上田三四二）　昭48　講談社文庫
円陣を組む女たち（解＝清水徹）　昭49　中公文庫
女たちの家（解＝後藤明生）　昭54　中公文庫
行隠れ（解＝高井有一）　昭54　集英社文庫

杏子・妻隠（解=三木卓）　昭54　新潮文庫
水（解=小川国夫）　昭55　集英社文庫
櫛の火（解=平岡篤頼）　昭56　新潮文庫
椋鳥（解=平出隆）　昭58　中公文庫
聖・栖（解=前田愛）　昭61　新潮文庫
山躁賦（解=渋沢孝輔）　昭62　集英社文庫
夜の香り（解=川村湊）　昭62　福武文庫
雪の下の蟹・男たちの円居（解=平出隆　案=紅野謙介　著）　昭63　文芸文庫
槿（解=吉本隆明）　昭63　福武文庫
眉雨（解=三浦雅士）　平元　福武文庫
招魂としての表現（解=佐伯一麦）　平4　福武文庫
水（解=川西政明　案=勝又浩　著）　平6　文芸文庫
楽天記（解=佐伯一麦）　平7　新潮文庫
木犀の日　古井由吉自選短篇集（解=大杉重男　年　著）　平10　文芸文庫
日本ダービー十番勝負＊　平10　小学館文庫
白髪の唄（解=藤沢周）　平11　新潮文庫
槿（解=松浦寿輝　年　著）　平15　文芸文庫

「著書目録」は著者の校閲を経た。／原則として編著・再刊本等は入れなかった。／＊は対談・共著等を示す。／【文庫】はこれまで刊行されたものを掲出した。（　）内の略号は、解=解説　**案**=作家案内　**年**=年譜　**著**=著書目録を示す。

（作成・田中夏美）

本書は、『山躁賦』（一九八二年　集英社刊）を底本とし、多少ふりがなを加えた。

山躁賦《さんそうふ》
古井《ふるい》由吉《よしきち》

二〇〇六年九月一〇日第一刷発行
二〇二二年五月一九日第八刷発行

発行者――鈴木章一
発行所――株式会社 講談社
東京都文京区音羽2・12・21 〒112-8001
電話 編集（03）5395・3513
販売（03）5395・5817
業務（03）5395・3615

デザイン―菊地信義
印刷――株式会社KPSプロダクツ
製本――株式会社国宝社
本文データ制作―講談社デジタル製作

定価はカバーに表示してあります。

講談社
文芸文庫

ISBN978-4-06-198453-5

青木淳選	建築文学傑作選	青木 淳——解
青山二郎	眼の哲学|利休伝ノート	森 孝——人／森 孝——年
阿川弘之	舷燈	岡田 睦——解／進藤純孝——案
阿川弘之	鮎の宿	岡田 睦——年
阿川弘之	論語知らずの論語読み	高島俊男——解／岡田 睦——年
阿川弘之	亡き母や	小山鉄郎——解／岡田 睦——年
秋山 駿	小林秀雄と中原中也	井口時男——解／著者他——年
芥川龍之介	上海游記|江南游記	伊藤桂一——解／藤本寿彦——年
芥川龍之介 谷崎潤一郎	文芸的な、余りに文芸的な|饒舌録ほか 芥川vs.谷崎論争 千葉俊二編	千葉俊二——解
安部公房	砂漠の思想	沼野充義——人／谷 真介——年
安部公房	終りし道の標べに	リービ英雄-解／谷 真介——案
安部ヨリミ	スフィンクスは笑う	三浦雅士——解
有吉佐和子	地唄|三婆 有吉佐和子作品集	宮内淳子——解／宮内淳子——年
有吉佐和子	有田川	半田美永——解／宮内淳子——年
安藤礼二	光の曼陀羅 日本文学論	大江健三郎賞選評-解／著者——年
李良枝	由熙|ナビ・タリョン	渡部直己——解／編集部——年
石川 淳	紫苑物語	立石 伯——解／鈴木貞美——案
石川 淳	黄金伝説|雪のイヴ	立石 伯——解／日高昭二——案
石川 淳	普賢|佳人	立石 伯——解／石和 鷹——案
石川 淳	焼跡のイエス|善財	立石 伯——解／立石 伯——年
石川啄木	雲は天才である	関川夏央——解／佐藤清文——年
石坂洋次郎	乳母車|最後の女 石坂洋次郎傑作短編選	三浦雅士——解／森 英——年
石原吉郎	石原吉郎詩文集	佐々木幹郎-解／小柳玲子——年
石牟礼道子	妣たちの国 石牟礼道子詩歌文集	伊藤比呂美-解／渡辺京二——年
石牟礼道子	西南役伝説	赤坂憲雄——解／渡辺京二——年
磯﨑憲一郎	鳥獣戯画|我が人生最悪の時	乗代雄介——解／著者——年
伊藤桂一	静かなノモンハン	勝又 浩——解／久米 勲——年
伊藤痴遊	隠れたる事実 明治裏面史	木村 洋——解
稲垣足穂	稲垣足穂詩文集	高橋孝次——解／高橋孝次——年
井上ひさし	京伝店の烟草入れ 井上ひさし江戸小説集	野口武彦——解／渡辺昭夫——年
井上 靖	補陀落渡海記 井上靖短篇名作集	曾根博義——解／曾根博義——年
井上 靖	本覚坊遺文	高橋英夫——解／曾根博義——年
井上 靖	崑崙の玉|漂流 井上靖歴史小説傑作選	島内景二——解／曾根博義——年

▶解=解説 案=作家案内 人=人と作品 年=年譜を示す。 2022年5月現在